收集故事的 기담 수집가
二手书店

[韩]尹城根 著　　叶昭源 译

湖南人民出版社·长沙

真实故事往往比虚构小说更离奇，
因为虚构小说需考虑事情的可能性，
而真实故事却不需要。

—— 马克·吐温

序 言

　　我是一间旧书店的老板，至少从表面上看是这么回事吧。貌似做着二手书买卖，其实是在收集和书有关的奇闻轶事。诗人金洙暎曾写道，"沉睡的书是已被遗忘的书"，而把书唤醒的人才能得到书中的真实故事。将沉睡的书唤醒，找寻其中蕴含的无限力量，这才是我真正的工作。

　　起笔就如此豪迈，我都不知该如何往下接了。然而，并非我无端要装个什么腔调，而是我的确就做着这样一份工作。我承认在书的开头做了点布置，但也是为了勾起大家的兴趣。一点小心思还望各位宽宏，我这就道来关于书的真实故事。

　　大多数人去书店买新书，想买什么，基本都有了决意，去买的就是那一本。但来旧书店的客人情况往往相反。抱着"看看今天有些什么书"的散漫想法，并没有着意要买哪一本。就这样浏览着书架，忽然看到哪本书吸引自己，也就买下了。如果说"新书店"是人选书的地方，那么"旧书店"就是书选人的妙趣之地。

但有时人们来旧书店，就是为了找某本书。之所以来旧书店找，自然是想找那些在新书店无法买到的绝版书。

想找绝版书的理由很多。但可以肯定的是，这些找书的人，和那些搜寻珠宝、收集值钱物件的人有着截然不同的态度。总而言之，如此费心地找绝版书，都是因为和书牵扯着这样那样的故事。

在旧书店工作，常有客人让我帮其找绝版书。有些人为了一本书，短则找上好几个月，有的甚至会找上几十年。不少人说只要书能找到，定有酬劳相谢。虽说要找那些几百年前发行的贵价豪华精装本并不属于我的能力范围，但差不多1950年后出版的书，只要想想法子，多少还是能找到，而且价格也不算太贵。因此还要从中收上一笔酬劳，着实过意不去。

所以我才想出这"收集故事"的主意。一本书来回到处地找了很久，总有其缘由。而我只向那些委托我找书的客人收取故事。故事听着饶有趣味，且与书关系匪浅，我就帮着找一找，至于找书的酬劳就用故事代偿。另外还有个规矩，即事先说好我会隐去故事中的人物姓名，指不定什么时候会将故事写成文章公之于世，只要客人不反对即可。

于是我便有了这样一份边开着旧书店，边收集书和人之间离奇故事的怪异职业。我接下来要说的故事或幽默，或感伤，有些事想来可怕，有些事荒唐无稽。但我只想说明一点，那就是发生在我们周围的逸闻妙事，多得出人意料。

接下来各位读到的故事绝非虚构小说。

目 录

第一篇　爱

故事说与我

书找与你

回首心存歉意

《爱与认识的出发》
仓田百三著，金奉影译
创元社，1963 年版

确有件事让我萌生了帮人找绝版书不收钱，而是用书的故事来替代酬劳的想法。那是很久之前我还在金湖洞一家颇具规模的旧书店当店员时候的事。如今金湖洞的住宅楼利落高耸，直指云霄。然而二十年前，那片区域都还是门院遍布，如田野随着山脊蔓延开来一般，保留着许多在首尔不可多见的老样子。

我所在的旧书店生意不错，光店员就有十名之多。那时不像现在，网上的二手书买卖还不活跃，因此店里的顾客也不少。店员们常常一身汗，整天和快堆到天花板的书较劲，所以客人来了问个什么，也很难亲切应对。而我对此却有些意见。无论收拾书的工作多么重要，在书店上班的人对来店里买书的人不上心，怎么都说不过去。所以便暗自决心，至少待客还是得周到一些。当然，每天和几千本书奋战还要笑脸迎人，可不是件容易的事。

一天下午，一位年迈的先生走来旧书店的地下卖场。他看上去有七十多岁，腰板直挺，装束整洁，给人一种莫名的好感。老先生问我能否帮忙找他想要的书。幸好那时店里早已将大部分书录入电脑数据库，还通过网页兼营着网络邮购。

"我想找的这本书可有些年头……"老先生从西装口袋掏出一块折叠整齐的手帕，擦了擦额头渗出的汗。老先生话说得如此含糊，只怕是已经走访过许多家旧书店了。而且听语气就知道，对能在这里找到书他自己也没抱太大希望。

"您说说看吧。这里的书有十万多本。虽不是全部，但书名多少都已经输入电脑，我可以搜一搜。"

"书名叫《爱与认识的出发》，一位叫仓田百三的日本作家写的。"

这是我从未听说过的书名，而且老先生想找的这本书是1963年版的。抱着试试看的心情，我小有期待地搜了搜，店里果然没有。老先生听说没有他要找的书，声音平静地道完谢，转身朝楼梯走去。楼梯有些陡，老先生步履维艰。我见他背影落寞，忙走上去问他能否留下姓名和联系方式，如果他要的书到了就联系他。老先生的嘴角第一次有了笑容，在我递去的小纸条上写下了自己的电话号码。

坦白说，我也没打算真要帮忙找。本着多少能给老先生一点安慰的心态，才作了这未必能兑现的约定。一本老书，天知道能不能找到。

到了现在，我也如此认为，书其实并非被人找到，而是自己出现的。在旧书店工作久了才意识到找书是件多么无意义的事。有些书，明知道它存在于世界的某处，但寻找多年也无法相遇。有些时候情况又截然相反。感觉无论如何也找不到的书，没过几天就出现了。任何自然规律和心理学概念都无法解释其中原委。虽然有些难以置信，但我相信，书会凭自己的意志找到它想找的人。

老先生想找的书也是如此出现的，就好像缘分到了。过了差不多半年，连我都已逐渐淡忘此事，然而那本书还真就进了我们家旧书店。那天开来的卡车装载了足足几千本书，店员们把书统统搬进店里，而我从中认出一本手掌大小的书，其概率又有多少呢？版权页上写着1963年，创元社发行，初版，就是这本！我拿起书的那一刻身体竟有些战栗。

万幸，我还留着老先生的联系方式。与其说留着，倒不如说是丢在书桌的角落里忘记了。但我仍想说这并非偶然，而是命中注定。做完工作后打扫卫生是旧书店每天必做之事，那张小纸条怎么就能在这角落生存六个月呢？

《爱与认识的出发》的作者仓田百三是与夏目漱石同时期活跃的作家，书中收集了他撰写的关于爱的短文。他是当时在自然主义和唯美主义盛行的日本文学界里强调自我解放和人道主义的白桦派人物。这本书初版于1921年，在日本知识分子和年轻人中广泛传播，韩国自1950年以来一直都有翻译出版。而且了解了才知道，这本书在韩国有相当数量的读者，因此翻译版也有许多版本。但老先生为何唯独要找1963年版？这故事还得直接听老先生自己说。

"我年轻时在日本读过书。家里虽不是什么大富人家，但父亲做企业，生活倒也没什么短缺。朝鲜战争结束不久，当时韩国几乎没什么教育条件，父亲就把我送去了日本，说学成归来之后能有事可为。但回来后军政府上台，情况反而更差了。"

老先生拿着这本《爱与认识的出发》，轻轻抚着封面说道。他的故事如同这书一般久远。

从日本完成学业归来的这位年轻人去了一家发行翻译文学的出版社工作。这年轻人记得父亲的话，书才是这个国家未来必须要的事业，于是他也十分努力地工作。

"但事情并没那么顺利。出版社发行的大部分书籍都被政府列为了禁书。其实也不是什么了不得的内容。外国人写的一些轻松的哲学概论、历史书、经济学书，都被用一种非常标准来挑刺。经常是书进不了书店就直接成了废纸。郁闷也没办法。这堵墙太高了。那时候就是这样，也不知当时的日子是怎么过来的……"

"看来您并非那种会奋起反抗的个性啊？"

"反抗？"老先生瞪大眼睛，"60 年代，那可是光想起都会胆战心惊的年代啊。比起朝鲜战争那会儿，那个年代反而更恐怖。抗争什么的，连想都不要想。把脑袋清空，像个傻瓜一样活着，倒也没有比那更好的时候了。但读过书的人要在那个年代生存下来就太悲哀了，压根就没有读和写的自由。"

许是想着往事，老先生一时无话。然后他把书朝我展示了一下，又接着说道："如果不是这书，说不定我都一了百了了。这本书对我来说非常珍贵。"

"您是在低谷期读了这本书，才振作起来的吗？"老先生的神情明朗了些，于是我也轻松地笑着问道。

老先生听我这么说，忍不住大笑了起来："不，不是。抱歉，是我把话说得太夸张了。其实我并不知道这本书原来这么厉害，毕竟没怎么认真读过。"

"这就奇了。连读都没好好读过，那您找了这么久，是为什么呢？"这次轮到我瞪大眼睛问道。

"接下来的事就有意思多了，我说给你听听。"老先生书不释手，接着说道，"我辞掉出版社的工作之后在家闷了很久。首先父母就很忧心。而我也不能整天待在房间无所事事，当个不孝子，所以就去银行上班了。其实银行的工作并不适合我。整天坐在椅子上打着算盘也很难受，一天天都是苦差事。就这样过了一年，我的'春天'也来了。"

所谓"春天"来了，也就是恋爱了。正当年轻人逐渐适应银行的生活，同分行的一位长相标致的女职员好像对他产生了好感。当然也可能是年轻人误会了，或许那位女职员本就这般气质，对谁都很亲切。年轻人从此陷入了愉快的烦恼。之前上班累得要死要活，如今连脚步都轻快起来了。

"我想对她表达心意，可实在没办法。当年不像现在有手机，还能要个电话号码。那个年代好像除了当面直接说，就没有其他办法了。纠结之后，我决定写情书。但写情书也很勉强，我好歹得写过呀。下班回家写了几天，不知道写废了多少张纸。连开头第一句都不会写。晚上写，早上撕。午休时间随手写几个字，下班后再读，发现写得太蠢，自己看了都生气。"

周末无事，年轻人想冷静一下头脑，便去到市中心的一家书店，如命中注定一般发现了这本《爱与认识的出发》。他翻开第一页就爱上了这本书。其实并非多么喜欢书中内容，而是他想写进情书里的漂亮情话，全在那书里。

"那书给人的感觉就是一本为初学者写情书而准备的参考书。买的时候我还害怕被人瞧见，东看看西望望，付完钱就赶紧拿着跑回家了。情书的开头最难写。我就把那本书里的几句话引用在开头，然后接着写。结果接下来很流畅，一直写到凌晨，才把情书叠好放进西装口袋，想着上班时找准机会悄悄交给她。结果还真成功了。那天午休时间过后，只有我和她两人在休息间，我把情书交给她。她既惊讶又充满喜悦的表情，几十年过去，我至今都忘不了。"

老先生把书翻开，指着一处。那年轻人引用的就是这几句话。老先生记得非常清楚，并小声把那几句读了出来：

"圆满而湛蓝的天空笼罩在我们头上，阳光下的白云漫无目地飘荡。当感觉到永恒的时间放慢脚步，轻轻移动，我们心中会有一种无法控制的凄凉，如影随形……"

句子华丽。女职员收到一封这样开头的情书，便也接受了年轻人的心意。自那之后，年轻人如做梦一般度过了一段迷人的日子。用老先生的话来说，当时食欲不振也好了，连看悲伤电影，嘴角都会上扬。

"这么说来，是这本书给您和那位女士牵线搭桥的呀。我现在知道缘由了，这是一本成全爱的书！"

"青春年华是最好的时候，无法忘怀啊！但有句话不是说'世间没有什么是永恒'吗？那份爱并没有持续多久。

是我的错。"

就在相爱之际，年轻人开始慢慢厌倦银行职员的生活。他最终无法摆脱对学问的不舍，在三年后递交辞呈，踏上了去欧洲留学的路。仅给恋人留下一个"会经常写信给你"的约定，只身去了遥远的国外。

年轻人遵守约定，经常给她写信。但留学时间越长，感情就越淡，这是没办法的事。两人也不分谁先谁后，相互之间的交流变得越来越少，差不多从年轻人去留学的第五年开始，自然而然就断了联系。此后十多年，年轻人一直在国外埋头做学问。在生活中遇见另一份缘分并结婚，直到现在都一直过着幸福的生活。

那时的年轻人现在已是白发苍苍的老人，退了休，过着平静的生活。但从几年前开始，他就经常想起初恋。老先生说，找到当时的那个人并没有什么意义，所以才决定找当年写情书时受益的书。我偶然发现并找到了，而老先生心境平和地讲述了他和这本书的故事。

后来才知道老先生家住釜山，他接过我的电话便从釜山乘坐 KTX 列车赶来首尔。书的价格是 2 万韩元，此前我说可以帮忙寄到府上。但他执意要花比书价更高的车费来到这里，其中缘由也令人好奇。

"找了这么久的一本书，就如同我年轻时的美丽爱情，怎么能邮寄呢？我得亲自去接回来呀！"老先生爽朗地笑着说道。

此后很长一段时间，这个和书交织在一起的感人故事一直留在我的心头未曾离去。几年后，我成了一家旧书店的老板。有时我会悄悄问客人，问他们和自己要找的书有着什么样的故事。书里有一个作家写的故事，那些找书的人又会将自己的故事添之于上，创造出这世间独一无二的新作品。

不同寻常的初恋

《罗丽塔》
弗拉基米尔·纳博科夫著，申东兰译
母音社，1985 年版

书就像音乐一样，并非只有一种含义。一本小说有既定的情节，然而谁来读，何时来读，其意义都会朝着不同的方向发展。

所以我经常在自己的旧书店放古典乐。我相信人听着音乐，沉浸在各种各样的情绪之中，很自然地就会将书和听到的音乐联系在一起。书和音乐在某个地方相遇，继而生成新的意义。我希望来过我店里的客人也能明白此中意味，所以每当开店时我都会先按下音乐播放键，再开始我一天的工作。

我会因为到访的客人给予了我所期待的回应而感到欣喜，然而这种情况并不常有。一天下午，一位沈先生过来问我是否能帮他找一本绝版书。他说，每次听古典乐都会想起我这家旧书店。

　　"现在放的这首曲子是海顿的钢琴三重奏对吧？虽然我不知道作品的编号，但应该是海顿的没错。而且是美艺三重奏（Beaux Arts Trio）的版本，对吧？"

　　"您是学古典乐的吗？听曲子就能分辨出是谁演奏的人可不多。"

　　"我不是学古典乐的。只是读书的时候经常听罢了。可店里为什么只放古典乐？您不喜欢听歌吗？"

　　我从小就喜欢古典乐，却从未细想过为什么。可他这么问了，我也确实有自己的原因。

　　"首先我不太喜欢有歌词的音乐。所以就是古典乐，我也不怎么听歌剧和歌曲。有歌词就难免会注意其中的内容，而且如果是流行歌，一般不就唱些感情的事吗？"

　　"难道您不喜欢感情的事？"沈眼睛一亮，一副对我所答颇感兴趣的样子。

　　"也不是不喜欢，只是迄今为止还没经历过那样深切的爱情。所以听情歌就很难有共鸣。但如果是器乐曲，经常听同一首，也能从多种意义上进行诠释，所以比较喜欢。"

　　"这么说来，您应该也不喜欢言情小说吧？听一首歌才几分钟，何况读一本几百页的书，还没法产生共鸣。"

谈话的走向顿时有些蹊跷起来。这人该不会是想让我帮忙找那种"禾林系"的言情小说吧？那可就难办了。要找那种书，还是直接联系老林吧，他可是自称恋爱博士的言情收藏家，而且也称得上是"禾林系"和轻小说的专家。但老林话多，如果没什么要紧事，还是不见面为好。

我斟酌得差不多，便从容地回答道："书不一样，我什么书都读。您想找的是言情小说吗？"

"算是吧。我想找一本叫《罗丽塔》的书。"沈整了整坐姿，说道。

"《洛丽塔》吗？那可不是言情小说。要我来说，那是一本用文字谱写而成的乐章。"哎呀，我自己都觉得这话说得太有水平了！可他为什么要找《洛丽塔》呢？

"是纳博科夫写的对吧？您说的这本《洛丽塔》曾因内容淫秽而一度被列为禁书，但现在是世界级的畅销书了。不是绝版，去书店随时能买到。"

"《洛丽塔》确实能买到。"沈轻笑着说道。

"但我要找的不是《洛丽塔》，而是《罗丽塔》，是80年代一个叫'母音社'的出版社发行的书，那时候的书名叫'罗丽塔'。"他又接着说道。

这么说来，我之前的确在钟表维修店的老卢那儿见过一本母音社出版的《罗丽塔》。他把书拿给我看过，还说这书的封面设计得很有韵味。老卢对书的喜爱似乎胜过钟表，但他为什么不去做图书生意，要做钟表生意？我曾这么问过他，他漫不经心地回答说："拿自己喜欢的东西做生意会很难维持生计。"也不知老卢是否还留着那本书。

"那本书我也见过，封面设计得很有韵味对吧？您知道找书的酬劳要用故事代偿吧？我能听听您想找母音社《罗丽塔》的缘由吗？"

沈和很多客人一样，到店里来讲述自己的故事，开口之前都会先缓口气，再露出一副陷入沉思的表情。这时我从抽屉拿出本子和钢笔。

"我从小就经常被人夸学习好。我考进人们所谓的那所名牌大学，而周围的人一点也不惊讶，都觉得这是必然的事。我的家庭并不富裕，所以我从大二就开始做家教赚学费了。"

我一边认真记下，一边时不时地问及一些有助于找书的细节。

"您刚才说80年代，那您还记得具体是哪一年吗？我需要这些信息来推测书的出版年份。"

"那时候我大二，应该是1985年。对，亚运会的前一年。"

"等等。当时不是全斗焕时期吗？据我所知，当时应该是禁止大学生做家教赚钱的吧？"

14

"确实是。"沈有点难为情地笑着说道，"但很多人都在背地里找家教、做家教，不然大学生哪能负担得起那么贵的住宿费啊？"

沈上的是名牌大学，所以做起家教来收益肯定也很可观。口袋鼓了，就能尽情地买自己想看的书。而且他还计划把暑假的课推掉，去镜浦台或海云台看海。但这无数的计划在第一次做家教几天后就全部泡汤了。

"我第一次做家教的对象是一名初二的女学生。她也是我教的最后一名家教学生。"

男大学生和十四岁的女初中生。很明显，这两人之间肯定发生过一些事。而且他要找的那本小说，讲的正是中年男人执迷于少女的禁忌故事。然而生活本来就喜欢开玩笑，所以凡事也不能草率下定论。

"我想您可能猜到了，我确实喜欢上了她。她是我梦寐以求的那种女生。她和她那个年龄段的女生一样，性格活泼开朗，但有时思考的态度又非常认真。有时我甚至觉得她比我更像个成年人。那段时间我读了纳博科夫的小说。但我和书里的亨伯特不同，当然她和年少的桃乐莉也不一样。亨伯特不就是个彻头彻尾的恋童癖吗？我发誓，我是第一次产生这种感情！"

另外，沈和亨伯特不同的一个关键点在于他没有对这名家教学生采取过任何行动。他上完课回到家，一边整夜地骂自己，训斥自己，一边读着《罗丽塔》，竟对书中的亨伯特生出一种说不出的恻隐之情。而且越是如此，沈面对那名家教学生就越发表现出冷漠的样子。

"小说里的情节并没有发生，当然也不可以发生。所以我和她的家教课持续了一年，就再也没有联系了。后来我去当完兵，复学直到毕业，这就是全部了。"

"您找书的缘由就这些吗？"我停下手中的笔，问道。

"差不多就这些。但毕业后进入社会，我曾仔细想过，当时的女学生现在应该也是成年人了。回想起我和她初见，一个是大学生，一个是初中生，所以看上去很有问题，但实际的年龄差距还不到 10 岁。"

"所以说，您还重新去打听过她？"我看着他说道。

"怎么可能？那不就和小说情节一样了吗？自那之后，时间隔得太久，我连想都没想过要去找她。况且没过几年我就和公司里一位心地善良的姑娘结婚了。换句话说，她是我从未告诉过任何人的初恋。"

然而事情如果到此为止，那么这位沈先生就没有理由非要去找那一版《罗丽塔》了。我预感这两人的关系会像小说《罗丽塔》分上下卷那样，一定在某个地方延续下去。

"您后来真没再见过她？"我锁定沈的目光问道。他又轻笑了一声，继续说起接下来的事。

"您可真敏锐。其实我刚当完兵回来的时候，她给我写过信。有一天我从学校的系办公室那儿收到一封信。她在信中说自己已升入高中,已经高二了。那封信写得很有感情,内容也很真挚。出人意料的是她在上家教课的时候就已察觉到我情感上的微妙变化。她还问我要不要试着交往,如果我觉得交往的关系别扭,那么重新做回家教老师也很好。但我没有回信,她也就没再联系我了。"

我和沈简单聊了几句。他说自己收到信之后纠结了好几天,但他还是选择把这一切当作回忆珍藏起来。她还是高中生,即将站在考大学这一人生的十字路口。两人的关系可能会有一个好的结果,但与之相反的忧虑更明显。沈已经历过考大学,他很清楚这一时期对她将来的生活有多么重要,所以无法做出任何回应。

有时过起日子来就像完全忘了这回事,但有时却不知何故,蓦然就会想起她的模样,猝不及防。后来结婚收拾家当,那本《罗丽塔》也被扔掉了。

"最近我和妻子聊天时说了这件事。在此之前我没对任何人说过。别人可能觉得我有怪癖,但对我来说,这是我初恋的故事。而且我也想知道妻子到底会如何看待。"

出乎意料的是,沈的妻子用心听他倾诉之后,说这是个美好的故事。还提议要找来他当年读过的那版《罗丽塔》,这次她想和他一起重温。这才是沈特地来我这个旧书店的缘由。

"我也试着读了最近出的重译版，但和以前的感觉不一样。那时读过的书所产生的感情共鸣似乎在其他书里找不到。"

这话耐人寻味。书都一样，但有些书却是你一心想要再次相遇的。那并非一本小说，而是一段在年少时尘封了的回忆：爱情，烦恼，犹豫和选择。仿佛一首好的音乐，不同年岁听会唤起不同的感受。所以我才对沈说，书就像音乐一样。

沈离开之后，我独自留下，不禁顾望四周，看得出神。眼见之处堆满了书，音乐在此间不经意地流淌。一想到这些书牵动着形形色色的意义和那些尚不为人知的故事，我就像一个充满好奇心的孩子，坐在一场即将开演的演奏会最前排，始终心潮澎湃。这就是我爱着书和音乐的原因。

珍视之人的赠书

《雨的消息》
冈特·艾希著，金光圭译
民音社，1975 年版

　　"这世上有两种人"，把这句话放在最前，一个故事很容易就开头了。虽然这种说法属于老生常谈，但要勾起人们的兴趣却是个不错的方法。我发誓，无论说什么事都不会拿这话当开头。然而这篇文章就这么开始了，这可如何是好？其实我更愿意这样说："一枚硬币总会有两面，就像生活中能作出的选择，不是正面，就是反面。"

　　人都喜欢对事物作出评价，将其按自己的标准分为几类，这是一种很基本的心理。当然，评价并非都是好事。但难道不是因为从学生时代起就一直被评价来评价去，我们便也自然而然地习惯了去评价别人吗？甚至有时完全没有评价的必要，脑海中也会自动输入评价标准。

我们来看看现在推门进来的这位客人会是谁？他会是个什么样的人呢？书店的门被推开，嘎吱作响，只见进来一位男士，身材高大，相貌不错，穿一身干净利落的正装，却不会让人感到拘束。这一身肯定不是成衣，绝对是一套定制。斑白的胡须修剪得很整齐，想必他最多不过六十五，甚至可能还不到六十呢。他不会是外国人吧？我的推理能力差不多已经到头了。但综合刚才这些，我也能得出结论。一般来说，穿一身这种行头的人很少会去翻那成堆的旧书。也就是说，大多数情况下，这人一本书都不会买，最长不会逗留超过一分钟，从哪扇门进来，就会从哪扇门出去。以我的经验，这是百分之百能确定的事。

正当我用这天才般的头脑思考了不过十五秒，这人却并未如我所料那般环顾书店，而是径直朝我的座位走来，足音跫然，莫名让人感到紧张。他一边朝我走来，还一边动作娴熟地将手插入上衣内口袋。这人这么像科林·费尔斯[①]，到底是什么情况？看他动作如此熟练，该不会是间谍吧？他该不会从口袋掏出把枪吧？

还好掏出来的只是名片夹，不是一把枪。他递上一张

---

① 科林·费尔斯，主演《王牌特工》的英国男演员。

名片，客气地向我说道："您好，我姓江。很抱歉，没预约就直接来了。"这位江先生说话的感觉和他的外表不大一样，像是某中小企业的总务科科长，普普通通。所以说，随意评价并非什么好习惯，尤其是评价人。

"听说在您这儿讲有关书的故事就会帮忙找书……我想找一本老书。"

江先生有些含糊其词，似乎在犹豫些什么，但他的声音却给人一种坚定的感觉。

"是的，没错。但找书要时间，有时得找上好几年。"

"没关系，我性子慢，很擅长等待。曾经等过一个人二十年呢。"

不知他是否在惊讶自己把要说的事就这么说出口了，只听他话音忽然停了片刻，接着又说了起来，像是有人把唱片机的针头提起又放下。

"我刚才已经把话说漏了，这样一来，故事的顺序就打乱了。抱歉，我该从哪儿开始和您说呢？"

"您先告诉我书名吧。如果知道书的作者、出版年份、出版社等版本信息就更好了。"

我边说边拿出本子准备记下。

"书名是《雨的消息》，德国作家冈特·艾希的诗集，1975年民音社出的。如果我没记错，这本书应该是民音社出版的《世界诗人选》丛书第45册。"

"这么老的书，您连版本信息都记得这么清楚，您应该很珍视这本书吧？"

"没错，的确很珍视。这本书是一位珍视之人送我的礼物。"不过他来找我找书，可见这本珍视之书现在已经不在了。书去哪儿了？我要先听他把故事说完吗？不对。这种情况下，"珍视之人"应该排在前面，而不是"珍视之书"。正因为是珍视之人的赠书，一本平凡的书才会变得珍贵。就像金春洙的诗句那样："当我呼唤她的名字时，她来到我身旁，成了一朵花。"

"既然这样，我想先听您说说这位'珍视之人'的故事。"

"好吧，那我就说了。但如果说到一些事情让您感到不悦，还请您谅解。"

怎么还会"不悦"呢？他从进书店开始就散发着一种奇怪的气场，越接触越觉得神秘，我反倒更有兴致了。找书的事先不说，我这会儿已经按捺不住想赶快听他的故事，好奇心都快冲昏头了。

"我刚进高中时觉得学校里的一切都很陌生。可能很多人都有这种感觉，但我的情况似乎特别严重，很难适应学校生活。新生开学不久就要选定课外活动的部门，我喜欢读书写作，就进了文学部。也许是比较冷门，申请进入文学部的竞争者并不多。我第一次去文学部和其他新生见面时就注意到了他，他姓闵。虽然我也说不清为什么，但这种事通常不就是这么发生的吗？我有种被迷住了的感觉，确信他以后会成为我很珍重的人。"

小江的性格拘谨，仅徘徊在那人周围，很难再进一步。但小江并不介意，即便无法亲近，也总是感到雀跃。只要能在定期的课外活动时间和对方打上招呼，就能缓解学校生活的紧张感。

初夏举行校内作文大赛，算是迎来了一次和对方增进关系的绝佳机会。当天全校学生都会到学校附近的户外绿地写写诗文，写写随笔。而文学部的成员单独聚在一起，另外找了块地方。小江装作偶然地走到那人身旁坐下，虽然在部门的新人欢迎会上已经听说过他的名字，但真要坐在他身旁和他搭话，喉咙却像被什么东西卡住似的，说不出话。

"没想到他会先和我打招呼。简直太开心了！但我又很羞愧自己没能早先一步和他搭上话。"

小江身材高大，小闵性格开朗，两人自那天之后迅速地要好起来。从此小江喜欢上了学校，就连放学回家都会觉得有些遗憾。虽然两人在不同的班级，但他们几乎每天中午都会去操场旁的长椅上坐着聊天，考前还会互相对照课堂笔记，一起学习。

我听江先生说着这些事，忽地想调侃他一番。

"哎哟，两人都走到这种程度了，应该全校都在传你们交往的事了吧？女生的处境不会很尴尬吗？"

"其实不会。而且我们学校也不是男女混校。"

我头脑瞬间一片空白。原来只有我自己完完全全地岔去了另外一条路。我听着江的故事，脑海里想当然地刻画出他高中时期和女生交往的画面。但对方不是女生，而是男生。所以两人每天黏在一起，周围的人也不会感到奇怪。我真像个傻瓜！原来我才是完完全全被偏见"迷住"的那个人。看来江一开始说有些事会让我感到"不悦"，就是这件事。

虽然小江成功和小闵拉近了距离，但同时也产生了另一个烦恼：小闵到底喜不喜欢自己？可这种事不能当面问，不然两人肯定会以绝交收场，说不定连带整个学校都得闹腾一番。小江经常想象自己被劝退了，甚至会被警察抓去派出所。

时间一晃就是三年，小江一直都将自己的情感隐藏得刚刚好，和小闵维持着朋友关系。直到那年暑假，终于迎来了决定命运的一天。

"那天我们就坐在社区公园的一条长椅上，周围很安静，我们两人一直聊到凌晨。"

那天分开之后，小江和小闵各自回家，临走时小闵从包里拿出一本诗集，作为礼物送给小江。那本诗集就是

《雨的消息》。小江攥着诗集，手边却没有可以送给小闵的礼物。小闵说："没关系，其实这本诗集本来就不是礼物，而是因为喜欢读才一直带着。你读了要是喜欢，就送给你。"

"仿佛舀空了月亮上的白色盛雨器，无星之夜甚是难眠……"

江自顾自背诵起这些诗句，又停下，接着说道："怎么样？诗很美吧？那天晚上小闵就给我背诵了这本诗集中的一首诗。果然，这诗我到现在都没忘，过了这么长时间都记得清楚。"

两人之间的隐秘关系到了大学也一直持续着。小江服完兵役回来，读完大学之后很快就找到工作，开始步入社会。小闵的家庭富裕，似乎也不担心就业。他想当作家，所以经常给出版社和报社举办的征文活动投递自己的作品，但始终没能取得什么成果。

彼时正值韩国IMF金融危机来袭，小江为了保住职位拼尽全力工作。虽然小江和小闵之间偶尔也会因此而稍微疏远，但小江始终相信两人依旧处于爱情之中。不过随之传来的是一则令人沉重的消息，小闵的家人决定移民加拿大。

小江认为，即便相隔遥远，只要彼此相爱，移民也并非大事。然而，此时却发生了一件棘手之事。此事无关移民加拿大，而是小闵向家人吐露了自己和小江的关系。闵家毫无意外地乱成一团，家人限制小闵不让他踏出家门。此外，闵家还一度禁止小闵打电话，除家人之外，禁止他和任何人见面。小闵还差点被他们强行送进精神病院。

此番过后，小闵对小江表示，为了两人的将来，想要厘清彼此的关系。事情至此就告一段落了。小闵没有留下任何联系方式，和家人去了加拿大。几天后，小江将自己的大部分书籍都卖去了废品站，其中就包括小闵赠他的那本诗集。

"把书留在身边，就会一直想着。但我始终没有丢下那份心意。小闵已经离开二十年了，我相信有一天他会回来，到时那本诗集就用得着了。我总是做些令自己后悔的事，竟然把这么珍贵的书给扔了。如果还能再见到小闵，我想不带任何羞愧地去爱他。"

一本小小诗集缠绕的故事就和两人的缘分一样，情意缱绻。我一开始说找书可能需要很长时间，但现在却想尽快找到这本书。所幸我还认识能找到这书的人——做钟表维修生意的老卢，他就专门收藏绝版书。

老卢听我说完，感觉小事一桩，不到一周就把书找到并寄来。《雨的消息》，1975年初版，封面干净完好。其实我相当好奇老卢到底从哪儿找来的这些书，但他们的世界总有些秘密，我就没再多问了。

后来我和江先生又见了一面，我把找来的书交给他。这次，我没有先入为主，也没有任何偏见地向他问候，和他握手。他和我约定，如果有一天小闵回来，一定会带着小闵一起来旧书店看看。江先生走了，而我真心希望这一约定的实现之日不会太遥远。

一团乱麻

《一个女人一生中的二十四小时》
斯蒂芬·茨威格著，安仁吉译
汎曙出版社，1975 年版

　　人生不会像柏油路那样平坦，但也甚少有像今天这样遇事不顺的日子。一开头就讲"人生"的确有些浮夸，可我却不想改口。其实人生无非就是这样那样的日子层层叠叠，最后回头一看，会淡然啧一声的，就是人生。

　　然而遇事不顺之时却不仅是遇事的那一瞬间出了什么差错，而是各种情况交织在一起，再加上一个小小的动因，整个事态就会像山体滑坡，一泻而下。比如今天，店里一侧已经堆成巨塔一般的书堆，轰地就倒了。

　　书之巨塔所在之地一开始只有十来本书没来得及整

理，打算临时放在那儿。之前整理不及，新入库的书又越来越多，时间一长，书就渐渐堆成了一座塔的形状。其实我堆得倒是挺稳当，而且书堆起来的样子就像特地设计过，很有感觉。

不过这些书也不仅仅是堆在那儿。偶尔有需要，我也会抽出几本来看看，而且也会卖出去一些。书就这样被堆上去几本，又抽出来几本，如此反反复复，好几年都相安无事。然而就在今天，我将一本并没有多少重量的书放上"塔顶"，倒塌霎时间发生，再也无力回天。这本就是顷刻间的事，以至于刚开始的那几秒钟，我觉得一切都不太真实。巨大的书塔好似巴别塔，由人类的欲望砌成，却违背了神的旨意，最终坍塌一地，惨不忍睹，无论用什么方式都不可能像刚开始那样重新再来了。

究竟是哪里出了差错？是从一开始往此处放下那两本书时，就注定了今天的结果？还是从书堆中抽出某几本书时，就注定了书塔的倒塌？还是说这一切的一切，仅仅是因为几秒钟之前无意放上去的那一小本书？

书散落一地，我一边收拾，一边隐隐担忧，今天绝不止这一件事。眼见天色渐暗，我担心的事还是来了。我不由得想起很久之前流行的一句歌词："为何悲伤的预感从来不会出错。"

一男一女推门进了书店，看上去五十岁上下。这两人感觉不像夫妻，但看上去倒颇为亲近。据说是高中同学，多年的老友。也不知什么原因，两人都在找同一本书。顿时，一股不妙的气息席卷而来。

"所以说，两位都在找1975年出版的斯蒂芬·茨威格的小说《一个女人一生中的二十四小时》，对吧？"

郑姓男士先答道："对，没错。找书的时间久一点也没关系，您要是能帮忙找到，那就太感激了。"看他像刚从海边度完假回来，一脸黝黑，连带着声音也很低沉。孟姓女士把手提包放在书桌上，接着说："我们两个人，只要找到一本就行了。我们想确认些事，所以才来找书的。"

"'想确认些事'就是您二位找书的缘由吗？"

两人相视一眼，而后几乎同时答道："是的！"

且慢，这场景似乎——面前站着一男一女，我问出一个问题，两人同时回答"是的！"，声音洪亮且饱满，我仿佛成了他们的证婚人。我赶紧从脑海抹去这些奇思怪想，今天可要打起十二分的精神才行。

"两位都先请坐吧。要找书得先给我讲故事。按照刚才的说法，如果您二位不介意，得先告诉我想从这本书上确认什么事才行。"

其实我至此还未意识到事情有多么错综复杂。这时郑从公文包里拿出一本书，看封面像一本旧书，没有任何破损，一看就是平时保管得很好的样子。但仔细看了才知道，这本书不是什么出版社发行的书，而是一本校刊，里面收集了一些学生写的文章。郑翻开其中一页向我展示。

"您看看这里。这是我高中时写的文章，怪不好意思的。呵呵呵。"郑一边挠了挠头，一边用手指着标题下的署名。

一看文章标题，"何谓人生"，我差点笑出声。他是从托尔斯泰那儿得了什么灵感，才写下这种大标题的文章吗？再看开头第一句，更是尴尬："要了解一个女人的一生，只要几片赌场筹码和一把装着子弹的手枪就够了。"这样的文风我都不太敢往下读。标题下方的一行小字是副标题，似乎是"《一个女人一生中的二十四小时》读后感"，正是他们要找的那本书。

"我们就是为了这篇读后感才来找书的。"孟说道。

这篇文章不长，文笔一般，但具备了读后感的基本结构。开头提出问题，中间部分概括了小说的情节，最后回溯开头提出的问题，并整理自己的感想以结尾。

小说情节也不复杂。故事发生在一个小镇的酒店里。酒店里住着一位上了年纪的 C 夫人，也就是小说中第一人称的"我"，而故事讲述了 C 夫人年轻时候的经历。这位 C 夫人四十岁时丈夫离世，怀着空虚的心情独自旅行。她来到小镇的酒店遇上了一位青年。青年在酒店的赌场输光了所有的钱，仅剩下一把手枪。C 夫人同情这青年，用自己的钱帮青年还清了所有的赌债，还为他准备了充足的旅费，足以让他回乡。青年向 C 夫人承诺自己再也不会上赌桌。但那青年当晚就拿着 C 夫人给他的钱又去了赌场。C 夫人对青年怀有情爱之心，不过当她看见青年又置身赌场的样子，感受到了深深的背叛。

我把读后感的最后一句念了出来：

"最后，作家斯蒂芬·茨威格用如此残酷的结局向我们展示了人类有多么容易感受到痛苦，所谓人生就是层层叠叠的误会和讽刺的延续。"

文章的最后也是个"大结尾"，和第一句的"大开头"相呼应。

我问郑："也就是说，C 夫人因为感受到了背叛，所以抢走了青年手里的枪，开枪杀了他吗？"

"对，小说里的结局就是这么残忍。"郑断然说道。

"没有，明明就不是这么回事！"孟说道。

这又是演的哪一出？看来今天一切都乱了套。我看着两人在我面前就小说的结局吵得不可开交，同时也知道了为什么两人要找同一本书。

"所以说，两位想找书，就是想看看小说的结局究竟是什么，想看看谁说得对，是吗？"

"是的！"果不其然，两人同声答道，如出一口。

根据两人的说法，孟高二时帮老师编辑校刊，校刊上登载了这篇"问题读后感"。不久前同学聚会，同学们还聊起了这篇读后感。孟看了郑写的读后感，说自己刚好也读过这本《一个女人一生中的二十四小时》，知道书里都写了什么。

"结局根本就不是那样。C夫人没杀那青年，而是很失望地离开了小镇。岁月流转，后来青年当上了外交官，偶然遇见C夫人，可他还是和以前一样无法从赌瘾中抽身。C夫人看见他的样子，脑海中浮现出对生命的讽刺。这才是小说的结局，他明明就没读完。我当时怕他被老师骂，所以才睁一只眼闭一只眼，没把这事给说出去。"

换句话说，现在两人都是成年人，也不会被老师骂了，所以想弄清楚当年到底是谁弄错了。这就是两人来找书的原因。要找一本几十年前的绝版书，的确令我有些为难，但从委托人的立场来说，找书理由倒也充分。所以我决定先收下这故事，帮他们找书。

何况听他们说着，就连我也开始好奇小说的结局。这两人到底是谁没读完小说？如果回到小说本身，换作我是C夫人，看见青年拿着自己的钱又去赌，我会怎么处理？一枪把人了结了，到底还是不太合适。估计我会狠狠揍他一顿，揍他个在生死边缘徘徊。

两人来店委托我找书之事暂且告一段落，但整件事的发展才刚刚开始。我做梦都没想到那天如同恶作剧一般的找书故事，后来会如此纠结。

大概过了一周，一张熟面孔悄然推门进了书店，正是郑先生。他堆着一脸笑容问我书是否找到了。

"您也知道，这种书不是一两周就能找到的。现在就连出版社都没有，我得下功夫到处打听才行。"

"也是。其实我今天来拜访，是有些情况想和您说。"店里没有其他客人，郑却伸出头来在店里张望一圈，小声向我说道。

郑一番吐露之后，我深深叹气，只觉得无语。原来当时为了投稿校刊，郑特地去了趟校图书馆，《一个女人一生中的二十四小时》只是他随手拿起的一本书。他本擅长运动，也很有天赋，作为校田径队队员，是大家都认可的运动尖子。但说起看书，那就是另一回事了。有一天他在学校遇见文学部的一位女同学，怦然心动，只觉得全身发热。而这位女同学正是孟。

"老师说学校要出校刊，让有兴趣的同学都来投稿。我听说孟会负责校刊编辑，想给她留个好印象，就写了篇读后感投过去。我当时去图书馆随便挑了本书，老实说，我连读完那本小说都很吃力，根本没看结局。所以上次您看到的那篇读后感的结尾是我随便乱写的。"

郑拜托我，让我找到书就先和他通个消息，并且暂时别告诉孟。他还向我解释道："其实我到现在还喜欢着孟呢！如果被她知道我连一篇像样的读后感都写不出来，那我以后哪还有脸见她呀？"看郑的架势，我若不答应，他只怕立马就会跪在地上来回搓手，向我哀求，所以我只好应下了。

如果事情到此为止该多好，但人生的事总像一团乱麻，越绕越紧。郑来书店才不过几日，孟也特地来了一趟。我甚至觉得这些人是不是背地里串通好了，过来和我玩什么把戏。

我自然没将郑单独来过书店之事告知于孟。但孟一开口就说有求于我，话音还带着一点羞怯。然而再次令人感到无语的是孟所托之事和郑一样，让我找到书之后先联系她，并且向郑保密。到底还要离几次谱，这事才算完？

"我当时说自己负责编辑校刊，但其实根本就没有负责。我读书时确实是文学部的，但负责编辑校刊的是另外一位同学。校刊发行之后我看了郑写的读后感，才去图书馆借了那本书来看。"

孟对田径队的郑有好感。他的声音成熟低沉，肤色晒得黝黑，很阳光。孟远远看着郑，也不知该如何向他表达心意。偶然在学校遇见郑，瞬间无意识地就向他撒了谎。

"'这次编辑校刊来稿时我读了你写的读后感，觉得写得很好，所以向老师推荐了你的文章。'郑听说后笑得很开心。我也很开心。那是我第一次和他说上话。我和他读了同一本书，本来还想和他聊聊书里的内容，但他有些腼腆，一溜烟就进教室了。其实我当时也没想和他细聊书的事。我的确把书借来了，但那时临近期末考试，我就看了个大概，没仔细读。"

这么说来，郑很有可能是不想被孟发现自己没读完小说结局的事，所以匆匆"逃"进了教室。而孟到现在还喜欢郑，不想让自己谎称编辑校刊的事被拆穿，所以让我找到书之后，只单独联系她。现在知道了两人的情况，我却不知该如何收拾这一局面。

此后不过几个月，书就找到了。那本书除了《一个女人一生中的二十四小时》这一篇之外，还有斯蒂芬·茨威格的另一部作品《心灵的焦灼》。这两部小说都细腻地捕捉了女性坠入爱情之后的行为及其心理变化，非常耐看。而《一个女人一生中的二十四小时》是一部中篇小说，篇幅不长。稍微专心一点，两三个小时就能读完。

我读完小说，合上书页苦笑了两声，敢情两人为之争吵的结局都不是小说真正的结局。青年的确有把枪，C夫人也确实注意到了这把枪，但C夫人并没有射杀青年。孟说青年后来成了外交官，偶然遇见C夫人的情节也与书中不符。真正的结局是青年在C夫人离开之后的一天用自己的枪自杀了。然而向C夫人讲述青年自杀之事的，是小说中的另一位人物，他才是那个外交官。也许是孟读得太粗略，误以为青年和外交官是同一人。

现在剩下一个重要的问题待解决：我该先联系谁？郑先生喜欢孟女士，我先联系他？孟女士也喜欢郑先生，要不我先联系她？这样的事并非抛个硬币就能决定，实在让人为难。

一番考虑之后，我分别联系了郑和孟，将两人所托之事都告诉了对方，让他们一起过来取书。

"两位都不是高中生了，既然互相都有意，那么是否能向对方敞开心扉呢？此前之事已经过去很久了，而且当时也并非恶意向对方说谎，应该可以相互理解吧？书已经帮两位找到了，请两位趁这次机会，真正读完同一本书之后好好聊一聊吧。"

不久郑孟两个人一起来到书店，两人都带着笑容。我把书放进纸袋，递到他们前面。孟两颊微红，笑着用手肘杵了杵郑。郑挠了挠头，就像他第一次来书店时那样。

他接过纸袋，拿出里面的书。"是这本书没错，我记得这封面。这次我一定会好好读完。"

"虽然书只有一本，但孟女士应该也会一起读的吧？其实我也很高兴两位可以一起慢慢读书。"

"那当然，现在也没法拿考试当借口了。我会好好读的，谢谢您。"

两个人离开后，我独自坐在椅子上畅快地舒了口气。

他们的人生就像一团缠绕的乱麻，而我无意间发现了麻线的一端，心情很是疏朗。生活中总会有些纠结交缠之事，摞起的书塔也有倒塌之时，但这不就是我们人生的一部分吗？如果人生是一团乱麻，那就慢慢解开，如果书塔倒了，那就重新摞起。然而更重要的是，如果一路走来有人陪在你身边，温暖地牵起你的手，再回忆起来时的路，绝不仅仅是一路疲惫。

恶作剧的邀请

《小尼古拉的课间休息》

勒内·戈西尼著，让－雅克·桑贝绘，闵熹植译

巨岩出版社，1982 年版

有些夫妻从小关系就很好，长大后便结为连理，这样的事我听说过好几次。不过仔细想来，这些故事似乎并非口耳相传，而是从书上看来的。所以我一直以为现实中不会有这样的夫妻。据说以前有的家长之间关系好，相互约定子女长大后结成夫妇，但在现代社会这几乎是不可能的事情了。

不过，现在正好就有这样一对夫妻坐在我面前。我仿佛看见从来不曾存在于世的黑色白天鹅一般看着他们，津津有味地听他们说话。这两人不久前联系我，想找一本他

们小时候读过的书。每个人都有"小时候读过的书"，但两口子同找一本小时候读过的书，一下子就挑起了我的好奇心。

丈夫的个子不高，挺害羞的样子。妻子却正好相反，又高又苗条，声音还很爽朗。妻子没穿高跟鞋，推门进来时，两人的身高也就差了一拃。于是我的脑海中浮现出一些令人发笑的画面，这两人像是一对配合默契的谐星，长相和性格截然不同，但搭起来却意外地和谐。

"其实……"丈夫说起话来含含糊糊，像是养成习惯了，"书名已经记不太清了。记不清书名能找到书吗？"

我还在想着谐星的事，一边回答道："您记不清书名啊，那您记得书名中有哪些字和词吗？或者作者、出版社？或者您给我说说书中的大致内容也行，我可以帮您想想办法。"

"书名里好像有'休息时间''下课时间'还是'游戏时间'？反正我记得有这种类型的词。啊，还有……"

这时妻子在一旁听得心焦，直接打断了丈夫的话。

"书是'小尼古拉'系列中的一本，桑贝画的。书是我们读小学的时候看的，所以应该是80年代初出版的，具体哪家出版社就不知道了。"

她话音落下，我起身将平板拿了过来，摆出要动用什么秘密武器的架势。其实有了这些关键词，只要访问国立中央图书馆的网站，在图书数据库中搜索，很容易就能搜出他们想找的是什么书。搜"尼古拉""桑贝"，瞬间就有了结果。

"和我估计的差不多。"我把平板上搜出的信息给他们看，一边说，"一家叫'巨岩'的出版社翻译了早期的'小尼古拉'系列。这家出版社还翻译了特瑞娜·保卢斯的《花的希望》和谢尔·希尔弗斯坦的《爱心树》。都是当时很厉害的畅销书。您看这里的目录有 1982 年的'小尼古拉'系列。书名叫《小尼古拉的课间休息》，两位想找的书应该就是这一本。"

夫妻俩的眼睛瞪得又圆又大，如同小学生看见什么不得了的魔术表演，丈夫甚至不自觉地微微张开了嘴。我的顽皮劲一上来，打算再给他们展示一招'绝技'。

"而且啊，书的封面是不是黄色？"

这一次，妻子也惊讶地微微张开嘴。丈夫说道："哇，您可真了不起。老板，您怎么和福尔摩斯一样，只要听人说上几句，就把所有事都弄清楚了。您怎么知道的？其实我只记得一条准确的线索，就是书的封面是黄色。"

我接上丈夫的话，向他眨眨眼，用手指了指太阳穴的位置，说："方法都在这儿。人都是靠记忆的，但我用的是大脑中的灰色脑细胞。"

妻子忽然大笑起来，似乎被戳中了笑点。

"'灰色脑细胞'，是比利时出生的那位大侦探波洛先生的名言吗？我可从小就是克里斯蒂推理小说的狂热粉丝呢，嘿嘿。"

"原来您知道呀？哈哈，看来我已经穿帮了。其实我也不知道书的封面颜色，但80年代出版的儿童读物就那几个颜色，而且那会儿的印刷技术堪忧，哪像现在。《花的希望》讲的是蝴蝶的故事，封面就是黄色。《爱心树》的主角是一棵树，封面就是绿色。如果看书名和内容不好推断封面是什么颜色，那么猜黄色一般都会对。以前不是还有'小孩配黄色'的说法吗？《小尼古拉》的封面颜色就是这么推断出来的。"

丈夫还是那副惊讶的表情，挠了挠头说："那也很了不起呀，到现在都还没人说过我聪明呢。今天遇见像老板您这样的人，也不知怎么搞的，有种很敬慕的感觉。哎，我把话说远了，这么说吧……"

妻子见丈夫说不到点子上，但她似乎又很清楚自己的丈夫想说些什么，于是续上丈夫没说完的话，接着说了起来。

"我们光说书的事，到现在还没介绍自己。我姓林，我先生姓孙。我们从小就住同一条街，小学和中学都读的同一所学校，直到不久前刚结婚。我们到这个年纪才结婚，算是晚婚了。"

林三言两语地总结完两人干净简洁的人生概要，声音清晰明快，如同她的性格一般。孙在一旁听着，简短补了一句：

　　"我们年纪不小了，所以结婚后很快就要了孩子。我妻子现在怀孕第四周了。"

　　"恭喜啊！所以这本书是打算找给小孩看的吗？"

　　"这本书其实是我们两人小学时候的回忆。等小孩出生后，我们想把书读给他听。给小孩说说爸爸妈妈小时候的故事，小孩一定觉得特别好玩儿。"

　　"小时候读过的书的确充满回忆。但我很好奇其中到底有什么故事，让二位想找一本这么古老的书，读给小孩听。如果二位方便，现在可以开始讲故事了吗？"

　　我一边拿笔准备记下，一边将注意力集中在二人身上。这时，孙先开口了。

　　"估计还得从我开始说起。我小时候性格很腼腆，身边没多少朋友。我们上小学那会儿，一个班里有70个人。我没什么朋友，在学校就自己坐着，回到家里感觉挺失落的。我也想和朋友们一起玩，也想成为受女孩子欢迎的人。可我不知道如何才能做到。那时进四年级就是高年级生了，我总算下定了决心，想做点儿什么。"

　　孙的性格安静，喜欢读书。有次，孙和爸妈一起去书店，发现了尼古拉的书。书的封面上有一幅画，画中人物看起来与孙年龄相仿，正和一群同龄的小伙伴玩得开心。孙让爸妈给他买下那本书。他回家一看，发现内容竟比他想象的还有趣。孙觉得书中的尼古拉很像自己，有一点腼腆，又有一点莽撞，同时又觉得尼古拉很威风，有时会闯下祸，但小伙伴们都很喜欢他。

"我想像尼古拉那样，开朗又受欢迎。但我也不知道要怎么做才能像他那么帅，所以就想了个招儿，开始模仿他在书里的行为和语气。书里有两个小伙伴打架的场面，尼古拉插进两人中间说："好！打一架吧！我来当裁判，一场堂堂正正的决斗总要有一位厉害的裁判！"我一边想象着尼古拉的语气和动作，一边对着镜子练习。其实在学校以这种方式行事，很快就和同学们玩在一起了。我也越来越得意，于是更加大胆地模仿起尼古拉。而其他同学绝对不知道尼古拉，所以我那时候可来劲了。"

孙说到一半停下，看了看坐在一旁的林说："从这儿开始得你来说了吧？"林似乎等着这一刻，笑眯眯地说起接下来的事。

"我和我先生是同班同学，我们从出生到长大都在同一条街，家长之间也很熟悉，所以我比谁都了解我先生的个性。其实那时候我就已经悄悄喜欢他了。但他突然有一天像变了个人似的，我一开始根本想不通为什么，后来过了半年左右，才知道是怎么回事。偶然也好必然也罢，正好我也看了那本《小尼古拉的课间休息》。我发现他的举止活脱脱就是书里的尼古拉和他的同学们，而且根本就不用怀疑，我们女孩子多有眼力见儿啊，哈哈。所以我也想了一招儿。"

所谓"想了一招儿"，其实并非其他，就是林找到一个机会，完全原样地重现书中的一段情节。林向爸妈说明了自己的计划和事情的缘由，家人很支持她的行动。林甚至将作战内容告诉了孙的爸妈，相互配合之下，整盘计划部署得越发完美了。林一边回想当时的情景，一边不自觉地用一种调皮的口吻向我解释起她具体的安排。

"我就像推理小说里写的那样策划一桩完美的犯罪，周密而自然地安排着各种工作。我的生日在秋天，而书上正好有一段关于生日的剧情，说的是一位叫玛丽·埃德维兹的女同学邀请尼古拉参加自己的生日派对的事。尼古拉不想参加女同学的生日派对，但尼古拉的爸妈非让他去，没办法，尼古拉只好准备了一套过家家的玩具，前往玛丽·埃德维兹家。去了之后尼古拉发现还有其他同学被邀请来参加派对。然而问题在于被邀请的人中只有尼古拉一个男生。尼古拉在那儿左也不是右也不是，一直闷闷不乐，然后就回家了。我当时想安排这一段来着。"

不觉间我已听得聚精会神，甚至为只有我一人在听这故事而感到有些可惜。这个生日派对究竟会如何发展？如果孙模仿尼古拉，那么他肯定也读过生日派对的这一段。我实在好奇如果书中的事在现实中发生，孙会如何应对。

"然后怎么样了？"

林看我一脸焦急，接着说道："我亲手给他写了一张生日派对的邀请函，画画得很漂亮。我一共发了十张邀请函，当然，男生只有他一个。为了促成和书中一模一样的剧情，我还拜托他爸妈准备了一套过家家的玩具，并且嘱咐他们让他在我过生日的当天将过家家的玩具作为生日礼物送给我，一切都和尼古拉的剧情一模一样。现在舞台和演员都准备好，就等拉开帷幕了。但刚一开始就出现了未曾预料的变数。"

听到这里，一旁的孙咻咻地笑了起来。看来这变数就是孙。我转头看向孙。孙像是在侦探面前坦白自己的作案手段一样，耸了耸肩，扬着嘴角，从容地说起来。

"我当时很慌。我一直瞒着同学暗中模仿尼古拉，神气得很。心想，难不成真要经历书里的那一段吗？手里拿着用花纹纸包好的礼物去参加女同学的生日派对，光是想想都觉得很丢脸。而且如果真像书里那样，只有我一个男生，哎，那场景我都不敢想。到时候只要一进门，我肯定会两脚发软，最后傻愣愣地坐在那儿。思来想去，我决定叫上班里一位很受欢迎的男同学一起去。他并没有收到邀请函，但在我的恳求之下，他说会陪我一起去。"

孙把未被邀请的同学带去生日派对，所以派对从一开始就很尴尬，一直尴尬到结束。那天没有一个人玩得开心。孙认为是自己把一切都搞砸了，回家后竟呜呜地哭了起来，觉得非常惭愧。

　　"因为当时我也很喜欢她，其实一开始模仿尼古拉也是为了在她面前表现。虽然被邀请去参加生日派对时我有很大的心理负担，但同时也知道是一次不再来的机会。我以为带上一位关系好的同学一起去，说不定还能在她心里加分，当时可真傻。我回家后待在房间里，一边揪着头发一边哭。心想：我的人生啊！在小学四年级的秋天就要早早结束了吗？也不知过了多久，我的房门被打开，回头一看，她就站在那里。我吓了一跳，眼泪一下子就吓回去了。"

　　孙的爸妈见儿子回来哭了，吃了一惊，于是赶忙联系林的父母，所以林很快就得到消息，知道孙回去后躲在房间哭。林没有迟疑，带着爸妈就赶去了孙家。这时房间里只剩他们两人，而此后的十几年间，两家的父母都不知道当时还有这样一段小秘密。

　　"我关上房门小声问他为什么哭，他说他把我的生日派对搞砸了，所以就哭了。他的样子实在太可爱，但我忍住没笑，态度坚决地问道：'你是不是喜欢我？'然后他又开始哭。我凑近了些，再次问他为什么哭，并且让他回答我的问题，别光顾着哭。我说：'房间里就我们两人，说话声音小一点，外面的人是不会听见的。'其实我已经猜到他会怎么回答。他支支吾吾地说了一声：'嗯，喜欢。'然后我说：'我也喜欢你，你别哭了。'他当时特别惊讶地看着我，我说：'谢谢你的礼物！'然后朝他挥了挥手，便开门出去了。"林说得很从容。

故事说完，妻子转头看向自己的丈夫，丈夫用眼神回应自己的妻子，而我在一旁愉快地笑了起来。再看眼前并排坐着的两人，不觉间已经把手紧紧地握在了一起。我合上本子，终于舒了口气。

"真是一段美妙的爱情故事。二位珍藏着一段这么美好的爱情，将来孩子出生一定长得很漂亮。我一定会帮二位把书找到，谢谢你们给我讲的故事。"

话虽如此，但要找到一本年代久远的书并非易事。直到孩子出生很久之后，我才将书交到他们手里。我看着夫妻俩抱着孩子再次来到书店，感觉他们是世上最幸福的人。

孙把书拿给孩子看，孩子不懂事，却看着书的封面咯咯地笑。他仿佛已经知道书里书外的故事，伸出手来想抓到那本书。见此情景，我们都跟着孩子一起笑了。书店里一时间充满笑声，好似一群淘气的小学生在教室嬉戏喧闹。

时隔四十年才读完的一本书

《方格纸上的生》
赵善作著
新作社，1981 年版

　　有人时隔四十年才读完一本书，而且读的并非宗教经典，而是一本常被人拿在手里翻看的大众小说。这本书在几十年前风行，但现在已经甚少有人记得了，然而对某些人来说，这却是一本非常珍贵的书。

　　陈先生听说来我们书店讲述与书有关的故事就会帮忙找书的事，于是专程来了一趟。陈先生并非那种看一眼就能给人留下特殊印象的长相，但他的身材又高又瘦，若下次再碰见他，能让人认出他的，一定是他"长腿大叔"的身形。现在有不少中学生的身高就已经像篮球运动员，但在陈先生那个年代却不多见，可见他当年应该相当引人注目。

"托身高的福，以前在学校读书表现不好时，前辈们也没法对我说：'没事，我们像你这么大的时候都是这样的。'嘿嘿。"

俗话说，十个高个儿九个乐，陈像提前准备好了段子，一来就说些俏皮话。这会儿还没开始讲故事，但说话间见他是个乐呵的人，我也安心了许多。

不久前我收到一封来自陈的邮件。他说他想找一本老书，所以一有时间就会去旧书店转转。找了很多家，但每次都白跑。在此期间，他听说了我们书店的事，而且自己刚好就有与书结缘的故事，于是向我发来邮件，郑重地问我能否听听他的故事。我当即和他约好了见面的时间。到了约定的那一天，他掐好时间，准点推门进了书店。第一次见面，陈想缓和生疏的气氛，便说起了自己的妻子"英子"。

"这名字很老土吧？我一开始也这么觉得，但叫着叫着就有感情了。我和英子是在1982年冬天相的亲，第二年夏天就结婚了。那年冬天的雨比雪还多，而且相亲那天也下着雨。我们当时约在平仓洞一家酒店大厅的咖啡厅见面。"

帮忙介绍相亲的人先给陈看了英子小姐的照片，照片里的英子很是漂亮。离约定好的相亲之日还有一段时间，陈就已经激动得难以成眠。他非常心切地想给英子小姐留下好印象，但从学生时代开始他就对谈恋爱比较迟钝，所以现在遇到了难题。

"我的性格并不古怪，但只要在异性面前，身体就会僵硬，张不开嘴。其实学生时代我也偷偷喜欢过几个女孩子，但是连话都没搭上过一次，每次都以暗恋失败告终。我实在不知道该在女生面前说些什么，往常和男生一起随便说些无聊的话也无所谓。但和女生在一起，尤其是自己喜欢的女生，就总会想如何才能把话说好。不过经常是想得很好，一到女生面前就像脑海中有个橡皮擦，唰唰唰地一顿擦，之前想好的那些话怎么都想不起来了。而且长大成人之后，这种情况也没好到哪去。"

陈有位朋友，在读书时就有"恋爱博士"之称，陈思来想去，决定向那位朋友请教相亲的事。

"按照那位朋友的说法：'第一次见面要多聊和书有关的话题，这样一来，对方多少都会对你有些好感。而且女生的名字叫英子，这就很好，正好你可以聊聊《英子的全盛时代》来缓和一下气氛。'我说：'那不是一部电影吗？'朋友说：'对，但那部电影是小说改编的，作家叫赵善作。'那家伙像是自己要去相亲似的，前前后后给我提了很多建议。他还说：'刚开始先聊书，待赢得对方的好感之后，一定要说自己平时的兴趣是读书和听音乐。'其实我既不喜欢读书，也不喜欢听音乐。他拍了拍我的肩膀说：'不用担心，你们初次见面，首先要让人家对你有好感才行，要尽量表现得有魅力，其他的事，之后再想嘛！'而且他还告诉我，赵善作出了新书，让我聊完《英子的全盛时代》接着聊聊新书也不错。"

陈听完"恋爱速成讲座"之后仍不放心，甚至还联系了当时已经结婚的朋友，拜托他们告诉自己相亲成功的秘诀。但从他们那儿得到的答案都是"并没有所谓的秘诀"。

"他们说，所有的一切都是缘分和命中注定，让我不要胆怯，去就是了。但这怎么能成呢？距离约定的日子还有好些天，虽然我没见过英子本人，但照片里英子的模样总是浮现在我的脑海。"

"你对她如此心动，或许本来就是一种命中注定吧。"

"或许吧。"陈轻轻笑着说道。

"我也是结婚之后才知道，为什么已婚的朋友都说：'只有经历过后才知道谁是你命中注定的缘分，此前是绝对无法知晓的。'或许这就是人的缘分吧。可为什么世事都要经历过之后才知晓呢？如果能提前知道，至少可以做好心理准备。反正后来……"

陈本想继续说下去，但他停下了，似乎是在梳理思绪，转头看向其他地方。他在想什么呢？

陈沉默了一会儿，问我道："抱歉，我刚才说到哪里了？"我说："您刚才说，惦记着相亲的事，所以去一位朋友那儿听了'恋爱讲座'。"

"啊，对！说到那位朋友了。那小子可真厉害，读书时就是出名的'恋爱博士'，其实他本人到现在还没找到自己的另一半。总而言之吧，没过几天他又联系我，说他读了赵善作的新书。我半开玩笑地斥责他说：'你读那个干什么？又不是你去相亲！'其实他是想告诉我那本小说前半部分的故事场景是在北岳山附近的一家酒店。我和英子约好的地点也是一家酒店，而且就在平仓洞的北岳山隧道附近。他说：'如果这都不算缘分，那什么才算缘分！'然后放声大笑起来。"

陈按照朋友所说，去书店买了赵善作的新书。可他本就不爱读书，所以压根就没想着要读完这本密密麻麻满是字的长篇小说。离相亲的日子还有一周，但陈读书的进度非常缓慢，最后好不容易才看完以北岳山酒店为背景的前半部分，就去相亲了。

"说实话，那本书的内容并不是很愉快。主角的父母好像是离婚了，但她的母亲一直不接受现实，于是母亲偷偷跟踪自己的前夫。如果故事有趣，我可能还会多读一些，而且相亲时拿这样的故事当话题也很奇怪，所以后面就没读了。"

"书没读完您就去了，那后来相亲时都聊了些什么呢？"

　　我开始好奇接下来的事，仿佛在听自己父母的相亲故事。陈后来和英子结成夫妇，可见当时相亲是成功了。他是怎么做到的？

　　"谁知道呢！"陈有些难为情地笑着说道，"其实也没什么特别的招儿，也就是重复地说朋友们嘱咐过我的那些话罢了。但真就可以，只能说这是缘分。反正我也没什么准备，心想，那就坦诚一点。于是全都坦白说了。从看了她照片觉得她很漂亮而开始失眠，一直说到去听朋友的'恋爱讲座'。干脆都说个明白，心里反而舒服多了。"

　　"所以那天您完全没聊书的事吗？"

　　"也聊了，聊的赵善作的书。虽然我很不喜欢看书，但还是忍着没说自己书没看完的事。我自己都觉得太不像话，一个男人连一本书都看不完，是不是有点差？但即便不聊书的事，我和英子也很聊得来。虽然我们是第一次见面，但就像认识了很久，感觉很舒服。我可以说，英子就是我命中注定之人。"

　　"可不就像您说的，因缘成了良缘呢。"

　　与陈闲话之间，我不觉心里轻松了许多。陈继续说着英子的事，他说："对有些人来说，英子可能只是个平凡的人，但对我来说，英子却是这世上最漂亮、最可爱的人。"听他说得太多，就连我都觉得自己好像从一开始就认识英子似的，感觉十分亲近。

陈和英子没过多久便顺利结婚。这样的相见，这样的开始，两人的婚姻生活很是幸福，直到两年前英子先走，猝不及防地将陈独自留了下来。而英子离去之后，伴随着陈的只有痛苦和无尽的彷徨。

"她是病逝的。大约十年前，她去医院发现身上有个小肿瘤，治好之后又反反复复，我本以为她可以克服病灶。看来这也是命中注定。但我仍然感激这样的命中注定，英子最后离开时没有太痛苦。她的样子就和我第一次见到她的时候一样，直到离开这个世界的那一刻都很漂亮。那时我心里空落得厉害，就像一半的身体瞬间消失一般，每天都活得很难受。但英子应该不会希望我留在世上如此痛苦，于是我收束好心绪，决定无论如何都要去找些有意义的事来做。"

陈想到了一件有意义的事——读书。但他并没有随随便便地挑一本书来读，而是决定重读四十年前读过的赵善作的《方格纸上的生》。读了那本书，仿佛就能回到从前，再次将英子拥入怀中。

"想起我们相亲的那一天，她说她喜欢看书，我说起赵善作的小说故事时，她很高兴，说她已经读完了。那天我们之所以聊得投缘，还多亏了这本书。她提到小说的后半部分有一处唱歌的场景，她很喜欢那首歌的歌词。我只读了前面，其实不知道后面还有一首歌。于是我说，我也很喜欢那一段，然后笑着把这个话题给蒙混过去了。结婚之后我索性把那本书给忘了。但妻子离开后，我经常突然想起那本小说。也不知道为什么常常想起一本连读都没读完的书。"

陈的故事就这样讲完了。故事感人，饱含着他对妻子的心意，所以我想尽快将书找到，交给他。但找书的事总是这样，想找到一本旧书并非易事。不过我也很想看看那本小说，于是找起来要比往常积极得多。

我小时候住在城北区的贞陵洞，从贞陵洞过了北岳山隧道就是平仓洞。记得以前我会经过那条路，那条路可以从贞陵洞一直走到洗剑亭和紫霞门隧道的另一边。有时我会沿着那条路从家里一直走到光化门附近的一家大书店，路上就曾见过一家位于北岳山隧道附近的酒店。虽然酒店早已不在，但我记得那家酒店的名字——奥林匹亚酒店。陈初次见到他未来的妻子，应该就是在那儿。

几个月后，我终于找到了陈委托的书。虽是客人委托要找的书，但我拿到书时心情却格外激动，想赶紧读一读北岳山酒店，那是我儿时记忆中的地方。

这本书果然如陈所说，其中内容并不愉快。然而这种不愉快仅是书的前半部分，小说接下来的情节和文字能让人感受到一种深度和力量，不愧是赵善作的作品。我读到最后发现了那首歌。那首歌是故事的主人公乘坐出租车时，偶然从广播中听到的一首歌。虽然书中只写了歌词，但读着读着好像有旋律从远处传来，如同一首美丽的诗。

我联系陈过来取书。陈再次来到书店，我将书交给他，他接过后立刻翻到最后，找到有歌词的那一段情节。见他红了眼圈，连翻书的手指也在颤抖，我也不由得眼眶盈起一阵温热。

陈缓缓地读着歌词："你我是彼此矛盾的星辰。你我一时迷路又如何？这世间若非你我，谁还会彼此称谓你我，彼此找寻你我……"

最后，陈深深向我鞠了一躬，感谢我让他把书读到最后。

这是一本一个晚上就能读完的小说，而陈花了四十年才读完。有些书的确需要这么长时间才能读到最后。然而这并不要紧，因为初见英子时，陈带去的并非一个小说故事，而是自己的诚心，如此才真正遇见自己美丽的妻子。我希望这颗心可以一直珍藏，以后的以后，若两人再次相见，就可以温暖地互相拥抱对方。到那时，两人就可以齐声唱同一首歌了。

以爱之名的狂暴

《野草在歌唱》
多丽丝·莱辛著，李泰东译
壁虎出版社，1993年版

　　赵小姐穿着一袭草绿色的连衣裙推门进了书店。她身材小巧，一米五左右，戴着一顶帽子，帽檐很大，配上她的脸和身材的比例，就更显得娇小了。这样的形象让我联想起小时候在电视里看到的动画片人物。

　　赵进来和我打招呼，还送了我两张摄影明信片作为礼物。这两张明信片都是美丽的海边风景。一张是海天一色的场景，平静的海面上一艘小船独自漂着；另一张是简单的港口风景，码头边停泊的船上写的是韩文，看来应该是韩国的某个地方。

"谢谢您的礼物，照片很漂亮。这些都是您拍的吗？"

"这明信片看起来很像照片，对吧？"赵笑着答道，"我是画画的，其实这些明信片上的都是画。"

我有些惊讶，于是又看了看明信片。听她一说，再仔细看，还真是画的。这些画的质感和照片有微妙的差异，但太过微妙，如果被指出，人们几乎不会认为这是一幅幅画。

"这是'超现实主义'风格。一幅画画得这么精致，大概需要三个月时间。"

一幅画竟然要画三个月！我对这样的作业时长感到讶异，而且更让人好奇的是画家为何要画这样一幅画。

"我有些不明白。并非我眼睛不好啊，但这些画怎么看都像照片。如果想要一幅这样的画，直接拍照片不就好了吗？拍张照片按一次快门就行了。"

平日里肯定不止一人问过赵这样冒失的问题，她从容地答道："理由很简单。照片是拍出来的，画是画出来的。"边说，她边用手比了比按快门的动作，又比了比画画的动作。我说："当然了，确实是这样。"

"无论这幅画的细节多像照片，但画就是画。照片捕捉的是瞬间，两者是不同的。想要把某个瞬间呈现在一幅画上，需要很长时间，所以不仅要有光和颜色，还要有故事。我做的事，就是把故事融入到风景中去。"她接着说道。

我把头歪向一边，说："把故事融入到画里……说实话，我抓不到这种感觉。"

"我想找的书也许就能回答这个问题。"赵要找一本《野草在歌唱》。

开始讲故事之前赵让我帮她倒了杯水。我把刚才的两张明信片并排放在桌上，赵用手指缓缓地触着明信片说："这里是江华岛。"

"但其实我以前和江华岛没有任何交集。我出生长大的地方在江原道。或许是在有山的环境中生活久了，很自然地就会向往大海。我喜欢海，以前读美院时画的画大部分都和海有关。但当时我还没想清楚自己要画什么，再三考虑之后决定去日本留学，抱着重新开始的心态去研究绘画。这一去就差不多十年，后来回国已经是 1995 年了。虽然只是去了趟邻国，但回国之后感觉很陌生，需要时间重新适应。"赵说着，时不时喝一口水，仿佛一时半会儿还说不完似的。我动作迅速地把她说的话都记在本子上。

"我想把工作室选在海边，想在海边画画。回来后的第一年我去了很多地方，想找个合适的地方作为工作室。我当时想，如果找到一处好地方，即便不画画，做一些摄影工作也很好。那段时间其实我还没决定好自己的工作方向。最后选来选去，选出了两个地方，济州岛和江华岛。济州岛特别好，但我并没有选择济州岛。一是因为我预感济州岛的游客会越来越多。我想有种静谧的感觉，但我不知道济州岛的这种感觉还能维持多久。二是因为一个现实问题，当时济州岛已经有一位非常优秀的摄影师了，叫金永甲。所以我决定去江华岛。我想在工作室成立之前，真正地去了解江华岛是个什么样的地方，于是我去了东幕海边，在那儿稍偏的一处村庄租下一间房，住了三个月。那本《野草在歌唱》就是朋友们送给我，让我在江华岛无聊时当作消遣的书。"

在此之前，赵完全不知多丽丝·莱辛是谁，她只是很喜欢这本书的书名。她带上行李，其实也就是几套衣服和一套素描工具，中午抵达江华岛后，打扫完租下的房间就完全无事可做了。她看着那片平静的海水，仿佛永远都会静止在那儿，心想，不会真要这样一直看海吧。到太阳下山时赵就已经感觉非常无聊了，她忽然想起包里还放了本书，但刚看了开头就觉得不大喜欢。

"本来看书名还以为是一本抒情的书，结果从第一页就开始说杀人的事。书中说的是一个南非小农场的故事，农场的女主人被黑奴杀害。也不知道为什么，她的丈夫就精神失常了。杀了人的那个黑奴也没有逃跑，在案发现场附近逗留，等警察一来，他就自首了。我一个人在那种人迹罕至的海边村庄生活的第一天，读这种书合适吗？于是便没继续往下读了。"

第二天，赵开始在周围散步，熟悉环境，而且找到了适合画画的地方。她有时碰见当地的村民也会和对方打招呼，互相熟悉面孔。差不多这样转了两个星期，赵对村庄周围的环境也渐渐熟悉起来。原以为这里是个小地方，看过之后才发现，这里的房屋并不少。不过大多是些被废弃很久了的老房子，野草生长起来都盖到了屋顶，很是难看。赵却将这些房子画在了自己的素描本上。

然而，赵偶然发现一处房子有些奇怪。她本以为那房子只是一处平常的废宅，而且之前还在素描本上画过。但某天经过一看，发现已经长到屋顶的野草的形状和前几天看到的不一样。起初，赵以为是海风太大，把草吹成了另一个样子，所以并没有放在心上。但持续观察一个月左右，她总算得出结论，那些草肯定不是被风吹成那样的。

赵忽然有种毛骨悚然的感觉，每次经过那里都浑身发抖。不过她身为艺术家，特有的好奇心却越来越强。一天下午，赵走近杂草茂密的房子想一探究竟，却看到了令人惊讶的场景——这房子竟有人住。

"住在那儿的是一位老奶奶。我远远和她打招呼，但老人家耳朵不好，我进屋走到她身边她都不知道。于是我又凑近了一些，这时老奶奶竟然笑着欢迎我，这样一来，之前的不安也消失了。听老奶奶说她在江华岛出生长大，很小的时候嫁过来，就一直住在这里。她说自己已经到了不方便活动的年纪，但人不活动，病痛就来了，于是自己一点一点地收拾房子周围的杂草和树。但野草的生长速度太快，所以收拾来收拾去，还是乱糟糟的样子。我和老奶奶说着家长里短，发现她是一位非常亲切的人，所以干脆决定从第二天开始过来帮她收拾房子，还能和她作伴说说话，反正我也无聊得紧，多好。"

赵将老奶奶住的房子画在本子上给我看。房子是典型的农家房，两个小房间，一间厨房，厕所在院子的一侧。赵和老奶奶两人合力收拾周围的杂草，她还爬上屋顶清理了杂乱的藤蔓。有年轻人出力，房子几天就整理干净了。院子里没有杂草遮盖，还可以在旁边开一片菜地。收拾完之后心情也舒畅了许多，然而真正的故事才刚刚开始。

"那段时间我还和老奶奶一起吃饭，关系很亲近。老奶奶说她到现在都没怎么出过江华岛，但她的记忆力很好，和我讲了很多生活中经历的事，而且讲得很有趣。可有件事实在是骇人听闻。老奶奶说她年轻时和丈夫住在这里，曾被一个男的用刀砍伤，那动刀伤人的就是在她家帮忙干农活儿的一个年轻人。真把我吓了一跳，你知道我为什么会被吓到吗？"赵喝了口水，拉着椅子坐近了些，问我道。

她这么一问，我一时不知该如何回应，于是说："这个嘛，不管怎么说，动刀可不是什么小事……"我一边含糊作答，但又想起一些线索，突然间只觉得头皮一麻，

"啊！这是那本书上的事，多丽丝·莱辛！"

"正是！"赵激动地抬起手指，朝我指了一下。

"我让老奶奶再多说一些，但她说那件事很复杂，一时说不完，等第二天再和我说。那天我回家后，把包里的《野草在歌唱》重新翻了出来。那本书先摆出一桩杀人事件，然后再慢慢拨开事件发生的原因。整个小说掺杂着种族歧视、阶级矛盾和爱情故事，越往后越复杂。最后，纠葛在一起的感情爆发出来，才有了一开始的杀人事件。"

"但那位老奶奶是什么情况？"

"那位老奶奶的情况和小说里的情节惊人地相似。就连伤人事件发生不久后她的丈夫精神失常，事发后犯人自己去派出所自首，都和书里的情节一样。我仔细想了想，这该不会是一种命运的启示吧？于是盼着第二天赶紧到来。第二天中午时分，我去老奶奶家，她早已坐在廊台上等着我了。"

老奶奶很小就嫁来这个村庄，夫家的家事和农事都是她在兜着做，相当辛苦。虽说丈夫也会来帮忙，但他并没什么用处，总说自己在外面有事要忙，几乎把农活儿都推给了妻子。

那时，从外地来了个年轻人，身体没什么毛病，但来了之后只在村里闲晃悠，没什么事可做。村民们都对那年轻人有些警惕，说他可能精神有点问题，而且说不定是在城里犯了罪，想找个地方避一避才来的。

不过那年轻人在村里闲晃了几个月也没惹出什么事。他话不多，看上去倒也善良，农忙时还会主动给村里人帮把手。村里人看他无正事可做，偶尔遇上人手不够时，自然就会叫他来帮忙干活儿，事后再给他相应的钱或食物。老奶奶就经常把事交给他做，年轻人能干，村里人也渐渐开始信任他。

就这样过了一年左右，老奶奶的丈夫开始变得有些诡异。旁人问他为何如此，才知道他从别处听说自己的妻子和那外地来的年轻人有染的事。也不知是谁、什么时候、为什么传出这样的话，但村里人一致认为，那年轻人不可能和谁有染。迫于无奈，老奶奶此后就再也没让那年轻人来帮忙做过事了。

然而她丈夫的疑心病并没有好转，变得愈发严重起来。丈夫认为自己的妻子和那年轻人偷偷来往，迟早要和他一起逃往岛外。一天夜里，丈夫睡着觉突然起来，大半夜在村里嚷嚷自己的妻子有奸情。村里人实在看不下去，不得不出来劝阻。

那之后就发生了硕人的事。那天下午天气炎热，老奶奶一个人在地里干活儿，远远见那年轻人向她走来。她并没叫他过来，他自己却来了，老奶奶觉得有些不寻常。年轻人走到近处，一句话也没说，拿出藏在腰间的菜刀直接就朝她砍去。这本是一瞬间的事，老奶奶来不及反应，很快就昏了过去。而年轻人挥刀将人砍伤之后，径直去了派出所自首。

"幸好那人自首得快。老奶奶被砍倒在田里，流了很多血，人们再晚一点过去，就会有生命危险。老奶奶一边说着，一边轻轻掀起上衣给我看伤痕，那条疤从肋骨一直延伸到左胸，看着可怕。自那之后，老奶奶的丈夫彻底精神失常，连人都认不出来了。"

"真不可思议！那年轻人为什么要砍她？动机是什么？"

赵摇着头回答道："当时谁也不知道是什么原因。敢情那年轻人有轻微的智力残疾，在派出所一直语无伦次，也没把事情交代明白。后来听说把那年轻人送去了残疾人收容所，没有进监狱。但这事的真相直到三十年后才弄明白，这期间老奶奶的丈夫早已经跳海自杀了。"

我惊讶得说不出话，只得瞪大眼睛看着赵。

"真相大白了？但为什么是三十年后才弄清楚的？"

"真相非常令人意外……"赵思考了一会儿又接着说道，"那画面就像日落时分的西海，是一个无限凄凉的故事。"

那时，老奶奶的丈夫已经离开很长一段时间了，有次老奶奶想起那年轻人，于是去了趟残疾人收容所，无论如何都想从他那儿得到一个答案。但那年轻人默默不说话。

之后老奶奶一年会去探望他好几次，慢慢和他聊，希望他可以将当年的事说开。后来直到那年轻人病痛缠身，不久于世时，才向老奶奶坦白了真相。其实那年轻人很喜欢老奶奶，但知道她有丈夫，所以一直没表露出来。那一天，老奶奶的丈夫疑心病越发严重，在路上遇到他，追着问他为什么要和自己的妻子私通。那年轻人说："这是绝对没有的事啊，我们什么都没做过啊。"不过老奶奶的丈夫又怎会接受这样的说法。他当时醉得厉害，一时起意，向那年轻人说："如果你们没私通，那你敢不敢去砍她一刀？"老奶奶的丈夫边说边戏谑地笑着，年轻人吓得哆哆嗦嗦，只得答应了。

"三十年过去了，那年轻人已经不再年轻，他自己守着这事三十年，这就是他的告白。他以为自己向老奶奶挥刀，她的丈夫就不会再刁难她，谁料竟发展至此。此后没过几个月，那年轻人便离开了人世。老奶奶悉心为他办了丧事，最后把骨灰撒进了海里。"

赵言罢，沉默良久。我见状提起了书的事："这故事真的很像那本《野草在歌唱》，所以你还想找来再读一次，是吗？"

她喝完杯子里的最后一口水，说："我就这样在江华岛生活了三个月，后来我还经常去看望老奶奶，光听她说这样那样的事，我就很开心。去年老奶奶走了，她家里没人来，我简单帮她办了丧事。我把老奶奶住过的房子修缮好，打算留在那里继续做我的工作。要确定画画作为职业其实并不容易，但老奶奶给了我很大的帮助。我想用画讲故事，把老奶奶讲的江华岛的故事、大海的故事、人和人的故事，还有那些爱和恨的故事都画进画里，所以我想重新读一读那本书。书需要找很久也没关系，如果找到了，欢迎您顺路来江华岛玩一次。我们那儿的海风很大，一到日落的时候，野草被吹得摇来晃去，真能听见它们唱歌的声音。"

赵微笑着，看起来就像大海一样平稳宁静。我又仔细看了看她送我的明信片。海的前方排列着一片片细细的线条，那是海岸上随意生长的野草。也不知是什么草，无数的草叶在风中摇曳，仿佛叽叽喳喳各自说着自己珍藏的故事。

人的故事是多么琐碎，却又多么深刻。我似乎理解了赵为何会如此喜欢平静的西海。大海隐藏着许多鲜为人知的事，波澜不惊；而野草知道所有的秘密，只用自己的语言在一旁唱着歌。

第二篇 家人

找回遗失的书

彼此都期待的离婚

《未完的告白》
安德烈·纪德著，丁海洙译
德寿出版社，1959 年版

这位客人介绍自己姓安，我如常打开本子，快速写下"安某，女，四十七八岁"。接着她便沉默了，我停下手中的笔，一时间两人都无话。直到气氛有些尴尬，安女士才先开口。

"还需要我提供什么信息给您吗？"

"您的手机号码，书找到了，我才能联系得上您。"

感觉安女士像是预先为自己设定好了日常生活中的话语数量，从刚才开始的一问一答，话不言多，到这会儿报出自己的手机号码，就再也不多说一句了。

"而且您得告诉我书名才行呀！"

"啊，对！您看我一晃神就……我想找的书是《未完的告白》。"

眼见她说完书名之后又打算沉默，我便接着问道："您还有关于那本书的其他信息吗？比如出版社、出版年份、作家的名字等等。如果只有书名，找起书来会很困难。"

安有些不好意思，向我表示歉意之后，说起了书的信息。书的作者是《窄门》的作者安德烈·纪德，出版社是德寿出版社。虽不知那本书的出版年份，但可以肯定是一本相当老的书。

"您怎么知道是一本相当老的书？"

"虽然我不怎么喜欢读书，但父母的书房中唯独那本书显得有些破旧。书我没读过，但稍微翻过，纸已经发黄了，还有一股味道，所以应该是一本很老的书。书是我在高中的时候看的，但印象很深，那本书比书房里的其他书都要老。"

其实，当我听她说起书名和安德烈·纪德时，便稍微猜了猜她想找的是本什么样的书。安德烈·纪德在《女校》一书中向读者描绘了女主人公爱维利的故事。爱维利嫁与罗贝尔之后发现这男人装腔作势，毫无忌惮，厚颜无耻，不一而足。小说《女校》的反响不错，所以纪德又从罗贝尔的视角出发，写了一本《罗贝尔》，来反驳爱维利的故事。爱维利和罗贝尔有个女儿，叫热纳维埃芙。《女校》和《罗贝尔》出版很长时间之后，纪德以热纳维埃芙为主人公，又写了一部同名小说《热纳维埃芙》，透过女儿的视角说她如何看待自己的父母。这本《热纳维埃芙》的内容虽有趣，但反响不如前两部，所以并未被大众熟知，就连韩文译本都很难找到。而安想找的这本《未完的告白》就是《热纳维埃芙》的韩文版。据我所知，这书应该是50年代末或60年代初翻译出版的最老版本。

"德寿出版社，差不多是半个世纪前的出版社了。"

我毕业的高中就叫德寿高中，所以习惯性地想用"同名哎"来开个什么玩笑，话都已经到嘴边，但还好忍住了。按照以往的经验，我抛出个哏来，把话匣子打开，谈话往往就会围绕在我身上，而非过来找书的客人。于是我在心里对自己说："千万闭上你的嘴，打开耳朵听就行！"结果差点儿连这句话都脱口而出。哎，尹老板！留神着点儿吧！

"原来那书比我想象中的还要老啊，也不知我父母为什么会有那样一本书。"

"这问题应该我来问您吧？如果那本书是您父母读过的书，想必当事人应该更清楚，您没问过他们吗？"

安稍沉默了一会儿，像是在组织语言，片刻后接着说道："我父母在我成年的时候离婚了。他们生活在一起时并没有什么不和谐的地方，相反，两人很融洽地商量着如何分开，可以说是一场美好的离别，除了我以外……"

安没有继续往下说，但显然后续还有故事。我就此事简短地向她表示惋惜。

"这两人自私到令人厌恶。他们第一次谈离婚是在我读高中的时候。我当时年纪还小，他们把离婚的事说得那么从容，留我在那儿心里发慌。而且他们离婚的原因更是离谱，说是两人都放不下自己的学业，但研究方向又不一样，所以就要离婚。您能理解吗？"

既然相爱的原因形形色色，那么离婚的理由自然也各式各样。但他们真能为了学业丢下子女吗？这等离婚的理由放在当时的确让安难以消化。看来安的父母对离婚之事已经考虑了很长时间。安的父母向安解释说，等安成年就会实施他们的离婚计划，而且承诺会给她一定的经济资助，直到她大学毕业。

但无论父母解释得多么清楚，这样一份离婚宣言无异于向子女宣布今后再也无法依赖父母，不管前路是光明还是黑暗，都要靠自己独自前行。况且安已经听厌了他们用这么从容的方式谈离婚的事。

"听您一说，我倒觉得有些巧。您要找的那本书刚好就是一对离异夫妇的女儿写给作家安德烈·纪德的信。"

"真的吗？那书我就看过一次，只随便翻了翻，并不知道里面写的什么内容。"

我向安简单说了《女校》和《罗贝尔》的故事情节，告诉她要找的那本《未完的告白》就是这两部书的续集。同时也和她说起我其实没读过这本《未完的告白》，仅知道的书中内容也是从别处听来的。

"书出版的年代太久远了，我也没见过那本书的实物。而且那本书在纪德的作品中并不出名，所以找起来需要一些时间。可是您为什么要找那本书呢？何况您都不知道书里写了什么。"

"所以我才想找那本书，想看看书里到底写了些什么。而且听您说了这些，我倒更想读一读那本书了。那天听完我父母的谈话之后，我一人留在书房里发呆。当时没任何想法，只是在书房里抽出几本书来，随便翻了翻。书架上只有那本《未完的告白》是一本旧书，感觉格格不入。我把书翻开一看，很多地方都折着角，还标记了很多下划线。虽然不知道是两人中的谁标注的，但那本书好像经常被翻看。尤其是划了线的内容中，有一句话令我印象特别深刻。"

安拿出一个本子给我看，本子上工工整整地写着一句话："我觉得没有什么事比强行让孩子尊敬不值得尊敬的父母更能摧毁其个性了。"

安看到书上的这句话，感觉和自己的想法完全一致，整个身体都僵住了。

她看向周围，仿佛被谁安排好一般，桌上刚好有纸笔，于是她立刻把那句话抄了下来。后来她又将那句话抄在本子上，每当想起自己被父母无情抛弃而感到怨恨时，就会翻出来看一看，感觉这位大作家也站在自己这一边，她的心里也就好受一些了。

"按照您的说法，您是在高一的时候听到父母提出离婚计划，但他们实际离婚是在您上大学之后，对吧？所以您读高中的那几年没有向父母问起过这本书的事吗？"

"没有！"安不作丝毫考虑，冷冰冰地答道。

"直到他们离婚为止，我几乎没和他们说过话。我一直很气恼他们能若无其事地接着过日子，而且反倒还过得更开心了……但也有可能是我的错觉吧。"

安的故事讲到这里就结束了。虽然父母离婚之后，安和他们还有来往，但安的母亲为学业去了德国，父亲去了美国。再后来就连相互之间的问候都少了。日子就这样过去了十几年，只留下一个任务交给我，即找到一本老书，重新牵起他们三人之间的游丝一线。

且不说这书牵扯的情感让人心切，但心切也是徒然，想找到一本几十年前少量发行的书，哪有那么容易？我特意托了相熟的旧书店老板和图书界的独立收藏家一起帮忙留意，但始终没有那本书的消息。

后来终于找到这本《未完的告白》已是两年后了。一般来说，过了这么长时间才把书找到，大多数委托人都会说自己已经不再需要了。但令人感激的是，安女士仍在等着这本书。

收到书之后，我看了版权页，上面写着"檀纪4292年"，也就是公元1959年，德寿出版社，初版。书是相当老的一本书，不过收书的价格不高，我便将书寄给了安。然而，能够在交付之前一读为快，可谓是收书人的一种特殊待遇。我小心翼翼地翻看着快要散开的书页，几乎倾着身子感受着热纳维埃芙的故事。

读完之后我才略作思考，为什么这样一部续作没能连同前两部作品再次构成一套所谓的"女校三部曲"。处于青春期的热纳维埃芙虽然对离婚的父母都持有批判态度，但小说的主线说的却是主人公自己的感情故事，而且这个感情故事的内容更是令人咋舌。

小说中的热纳维埃芙在还未成年之时喜欢上了和自己的父母颇有交情的一个有妇之夫。热纳维埃芙想怀上他的孩子，却并不想和他结婚。然而那个有妇之夫却暗中喜欢着热纳维埃芙同年级的同学。这还不算完，热纳维埃芙的母亲爱维利，果不其然也和那个有妇之夫明来暗去，混乱不堪。这种故事说得好听一点叫作打破常规，用现在的话来说，活脱脱就是一部"狗血剧"。所以即便之前有《女校》和《罗贝尔》这两部相互呼应的作品，算上后来的这部《未完的告白》也没能构成一套三部曲，也是可想而知的了。

我的读后感是一说，但我更记挂着安女士对这部小说的看法。安等了两年才收到书，我担心她读完之后越发解不开对父母的心结。幸亏安读书之时更为关注热纳维埃芙对和父母生活时的场景的回忆，而非那些"感情故事"。

将书寄给安已有半年之久。一天，安打电话和我分享了一则愉快的消息。其实书店日常忙碌，当我再次听到安的消息就像重新回顾起一则遥远的故事。好在安读完书之后总算转变想法，想要见见自己的父母，和他们对话。

"我不像您那样曾经和热纳维埃芙有过一样的想法，其实我更感兴趣的是您的父母当时是怎么读的这本书。您现在才去找他们，把高中时没能说出口的话说开，感觉上多少会有些生分，但我相信您应该没问题。"

不过安也因此有了一件"头疼"的事。即到底是先去德国探望母亲，还是先买跨越太平洋的机票，飞往美国去拜访父亲。

"这有什么难的？抛个硬币决定呗！"像我这种优柔寡断的人就经常抛硬币。

"这办法不错！那就正面是德国，背面是美国吧！"

看来，安缺乏决断力的程度也不亚于我。不过这些事就留给她自己去决定吧。我把记录故事的本了合上，无意中瞥见还有这么多有故事的旧书没找到，这才是真头疼。

"书，茨格总集"

《祁克果的宗教思想》
H. V. 马丁著，洪东根译
圣岩文化社，1960 年版

资深书评家李铉祐的网名叫"罗佳"，他的博客"罗佳的低空飞行"在图书界备受瞩目，以至于"罗佳"这一网名更为人熟知。我曾听过罗佳的专题讲座，他很少谈及个人的事。那次的讲座排了两个月日程，讲的是以《变形记》著称的作家弗兰兹·卡夫卡的系列作品。罗佳的讲座果然如传言般不偏不倚，一句旁的话也不多说。这让我想起以前在书中读过的一位法国哲学家罗兰·巴特。据悉巴特在讲课之前都会做好充分的准备，讲完之后其讲稿甚至都不需要另加修改，直接就能出版成书。罗佳的讲座也是如此。虽然有时会让人感觉枯燥，但整体来说，听他的讲座就像欣赏眼前矗立的一座完美建筑物。

讲座期间，我与几名同听讲座的学员和罗佳有过一次聚餐，同时也感受到了他颇具人间烟火气的魅力。席间有人问罗佳平时会买多少书。这个问题的重点在于"会买多少"，而非"会读多少"。罗佳说："我的职业是读书写作，自然买得多。"但他又补充道："不过有些书明知道家里有，但还是会买。有两种情况：第一种情况是明明记得书就在家里，但找不到在哪儿。第二种情况就有些好笑了，明知道书就在家里，而且也记得书在哪儿，但放书的位置隐蔽，很难再翻出来，还不如重新买一本。当然了，这也要看这书的价格是否便宜。"

很多人的家里书多了就堆得到处都是，地上、书桌上、椅子上，堆得连个坐的地方都没有。我估计罗佳也差不多。与其埋头苦找，费上好几个小时从书堆里"挖"出一本来，倒不如花上一万韩元重新买一本。

同席的学员们听此一说哄堂大笑，没想到凡事严谨周密的罗佳竟也有随意马虎的一面。谁又能想象罗佳站在一堆书面前双手叉腰茫然四顾的样子。我想起他在讲座中常提到的"荒谬（nonsense）"场景，于是也跟着笑了。不过回头一想，他每天的生活被讲座日程挤得满满当当，身心疲困自不必说，我也更能理解他为何会选择干脆"重新买一本"了。

罗佳这番话对于家里书多的人来说绝非荒谬之言。其实我也是这种做派中的典型，所以刚才在席间跟着大家一起笑他重新买书之事，我也是笑得最收敛的那一个。随着店里的旧书越来越多，那种明知某本书就在店里却一连几天也找不到的情况逐渐多了起来。店里的书都是我在管，这些事也不能假手于人。连我这个老板都找不到的书，还有谁能帮忙找到？

不过自接到蔡小姐的委托之后，我才知道原来找书也可以如此不寻常。蔡小姐二十五六岁，穿着一袭轻便的连衣裙来到店里，拜托我找一本不知道书名的书。虽说我也找到过许多难找的书，但我预感这次的找书难度绝对是史诗级。按说这种"有书找不到"的情况应该和罗佳有些类似，但又不完全一样。如果连委托人都不知道自己想找的是一本什么样的书，那么问题的关键就在于她到底为什么要来找书。

"您没有任何线索吗？书名、作者、出版社，或者封面设计。我又不是埃德加·凯西，有超能力，找书总得有些线索才行。"

"线索只有一条，但不知道能不能派上用场。"她掏出手机给我看了一段视频。

视频不长，也就三十秒左右。一位老人家在视频中靠着床，半躺着。

"来，从这里开始，您注意看。"说着，蔡便按下了播放键。

"书……茨……格……总，集……书……茨……格呃……总集……"

老人家半睁着眼，目光不知看向哪里，一直重复着刚才的话。蔡说，老人家说的就是书名，而且想让我帮忙找的就是这本书。我弯下身来将视频重复看了两三遍，然后靠在椅背上深深叹了口气。

"这老爷子说的真是书名吗？我怎么完全听不出来？"

"我确定他说的就是书名。每次他说书名，我，要不就是我妈，就会把书带去疗养院给他看。我平时上班，一般都是我妈送过去。"

视频中的老人家是蔡的爷爷，几年前被诊断为阿尔茨海默病之后一直在疗养院休养。刚开始的两三年，老人家的症状不如现在这般严重，还能准确地说出他想要的书的名字。然而病势发展到如今，日常沟通都已经有困难。即便如此，老人家也一直念叨着书。只要书来了，哪怕拿着书不读，精神头儿也会好上许多。

"爷爷做了一辈子教育工作，非常喜欢书，也收藏了很多书。可我不怎么喜欢爷爷，他的个性很严肃。再说了，他一见到我就揪着我说书的事。所以每次过节回家，我都故意离爷爷远一些。现在爷爷的日子没剩多少了，他想要的这本书说不定就是最后一本了。所以我才过来找您。坊间传说，您什么书都能找到。"

我无奈地皱起眉头。到底是谁在造谣！而且这种谣传肯定会一传十，十传百，最后说得神乎其神。然而蔡已经搬出"说不定就是最后一本"，倘若我直接拒绝，也未免太不近人情，于是我打算婉转地推掉。

"这就很难说了。首先这视频无论看多少次都不会有什么头绪。再说，不知道书名的书，要我上哪去找？这完全是'不可能完成的任务'，汤姆·克鲁斯来了，那也是办不到的。"

"噢。对了，我还没来得及和您说，您不用担心没地方找。爷爷想要的书都在他的书房里，只要上那儿找就行，我们一直都是这么找过来的。"

唉！如此一来，我连推脱的由头也没有了。蔡既然知道书的所在地，她自己直接找岂不更快一些？为什么还要来拜托我？然而答案简单得出乎意料，因为书房里书太多，有两万本以上。蔡直接向我坦白说，她根本没想过自己能找到。蔡的爷爷是这书房的主人，此前老人家健康状态尚佳之时，若想看哪本书，还会将书名连同书摆放的位置一并告诉家里人，找起来倒也不难。但这回要从茫茫两万本书中找出一本，简直是大海捞针。两万本！这数量比我摆在店里用来销售的书还多。不过仍有希望，只要知道书名就可以开始找。我和蔡又将视频来回看了好几遍。我戴上耳机，闭上眼睛，全神贯注地听着老人家发声的细节，但仍旧无法下定论。

"书……茨……格……总，集……"视频中的老人家一直重复着这句话。

"首先从音节来看，第一个字应该是'书'字。"我向蔡说道。

"同意。但接下来的几个字就真听不出来了。"

"其实第一个音节也不见得就是'书'，老人家说的这些音节可能是一本书的书名，也可能包括了作家的名字。"

我们根据视频中蔡的爷爷的声音及其类似的发音，将能够联想起来的书籍和作家的名字都列了出来。第一个音节是送气音，那么作家的名字很有可能是"k""c""t"开头的字，"卡夫卡""蔡万植""泰戈尔"……

那天下午我们就这样反复观看视频，边看边挑了好几个小时，最后列出十多名作家和二十多本书。蔡期盼着爷爷想要的书就在其中，拿着列好的书单便回家去了。

几天后，蔡联系我说那天下午我们挑的书都没中。蔡的妈妈将我们列出的二十几本书都带去了疗养院，但爷爷看到后并没有太大的反应。

蔡问我能否直接前往爷爷的书房帮忙找书，我欣然答应了。其实，听蔡的言语感觉她有些犹豫，像是反复琢磨之后才决定再次拜托于我。或许她在担心自己冒昧提出的请求不合于礼。然而先不说其他，光是拥有两万本藏书的个人书房我就很想见识一番。即便无法帮其找到书，若能去参观一间如此壮观的书房，定有不少收获。

第二天，我按照蔡提供的地址找了过去。老人家的书房位于城北洞，是一栋两层楼的独立住宅。建筑物看上去有些老旧，也不知平时是否有人打理。但进门之后我就被宽敞干净的庭院吸引住了。

蔡一直在玄关打开门等着将我引进屋内。进屋之后，我发现屋内的空间比我预想的要宽敞得多，客厅和餐厅分开，厨房用于烹饪的空间也很大，像是一间高级餐厅。

沿着客厅一侧的走廊一直走，书房就在房子的最里间。蔡将书房门打开，朝旁边让了让，示意我先进。我刚一踏入书房，就感受到了这间书房自带的气息，连汗毛都竖了起来。可能大多数人认为一间个人书房无非就是一间不大的房子里装满了书，但老人家的书房却远不止于此。这分明是一间专门为了保管书籍而单独设计过的房间。我只得瞠目结舌，呆立当场。

蔡在沉实厚重的书桌上抚了抚，笑着说："看这书房里摆得满满当当的书就想起爷爷以前在这里读书的样子。

原本这间书房开门进来只有一间。但家里的书越来越多，所以就让人把这堵墙拆了，连同隔壁房间也做了书房。但空间还是不够，过了没多久，又拆了另一堵墙，于是就有了现在这样三间房连在一起的结构。"

这书房的第一间摆放着一张巨大的书桌和一把修长的皮椅，与其相连的另一个空间则摆满了书。而且一看就知道这些书被归置得很好，就像今天上午还有人在这里看过书，看完之后还不忘仔细地收拾一番。

"算起来爷爷也有五年没来过这间书房了。这里一直有人来打扫，但书却从未有人动过，一直维持着爷爷最后整理好的样子。爷爷身体好的时候几乎每天都在书房。您看能在这儿找到什么线索吗？"

"那还得先看看才知道。如果说这些书都是老人家自己归置的，那么多多少少总会有些线索。"

"那您在这儿慢慢看，我等您看完之后再来书房找您。"说完，蔡便轻声出去了。她关上厚重的房门，整个空间安静得像一间录音棚。说实话，我根本不知该从何下手。蔡说这里差不多有两万本书。但我粗略地看了看，这里光一间房就足有一万本不止。第一间房放了桌子和皮椅，书的数量相对较少。然而第二间房和第三间房的布局就如同图书馆，所用的书架还带有移动轨道。我估摸这三间房的藏书已经超过了三万本。

我的视线缓缓地移过一排排书架，这是一个人用一生收集而来的书。老人家究竟想要哪一本？我猜这本书是老人家想伴在手边走完自己最后一段时光的一本书，我从他的视频中也能感受到这一点。老人家的目光仿佛恳切地表达着要和自己最爱惜的一本书一起走向人生尽头的意愿。不过这也有可能是我的误读，赋予了一个眼神太多意义。然而站在这巨量的藏书面前，我却真切地感受到了这位素未谋面的老人的一生。

我在书房来回查看好几圈，已隐约捕捉到了这里的规律。若说书籍的排布毫无标准，那么书房里的书就不可能被归置得如此干净利落，哪怕打扫得再干净，看上去也会像一间仓库。我推断这里的每一间房都设有一个宏大的主题。第一间房靠近桌子和长椅的一侧有塞缪尔·贝克特的戏剧作品、原文书及其评论，萨特和加缪的书也在这间房。我姑且将第一间房的主题定为"荒诞"。第二间房收藏了多个版本的《堂吉诃德》，其中还有几卷皮装版的古本，应该是老人家年轻时从欧洲旅行途中收集来的。另外，克维多的作品在第二间房尤为显眼，韩文版的安伯托·艾柯作品也几乎一应俱全。我想这第二间房的主题应该是"幽默"。相较于前两间房，第三间房的现代作品较多。有诺贝尔文学奖得主托马斯的德语版全集，还有大江健三郎的日语版全集。我把这间房命名为"讽刺"。

我一边为各个房间定好不同的主题，脑海中一边回想老人家在视频中留下的只言片语："书……茨……格……总，集……"他如此迫切地重复着这句话，究竟想要说什么呢？

　　我一连在书房转了好几个小时，已经有些疲累，便在第一间房的长椅上坐下，稍事休息。这把椅子舒适，我才刚坐下就生出一阵困倦之意。眼前这张书桌的材质也颇为讲究，深吸一口气还能闻见一股隐隐的木质香味。我整个人靠在椅子上，闭上眼睛开始思考。这时，我的耳边似乎传来了老人家干涩的声音，感觉他好像就在这里，心里不免有些发毛。然而就在这一瞬间，我冒出一个想法，而且我确信自己的想法是对的。

　　我在长椅上坐了二三十分钟，起身走到书架前，心想，希望我的想法是对的。然而对与不对又如何，哪怕不对，只要能为老人家递上一片心意即可。于是我从书架上挑出一本旧书。

　　"'祁克果的宗教思想'，这书名有意思。"蔡轻轻笑着说道。

　　"这是一本老书了，这个人的名字现在一般翻译成'克尔凯郭尔'，是一位伟大的宗教学家。这本书就是这位克尔凯郭尔的评传。"

　　"祁克果，克尔凯郭尔，书名果然和爷爷说的那几个字有几分相似，我明天就把这本书送去疗养院给爷爷看看。书房里的空间局促，您在里面找了这么久，实在是辛苦了！谢谢您！"

"你太客气了！反倒是我，能来参观一间这么厉害的书房，是一次很难得的经历。"

第二天下午蔡又打来电话，说爷爷见到书之后很高兴。蔡从电话那头传来的声音听来格外喜悦。

"爷爷看见那本书就笑了。我妈说她之前拿其他书过去的时候，都不见爷爷有什么反应。这次真是太感谢您了。"

蔡说得这般高兴，就连我的心情也跟着疏朗了许多。然而我还有一事想确认。

"这次是你把书给老爷子送去的吗？"

"对。您昨天说让我送，所以这次我没让我妈送，是我自己送去的。不过为什么非得让我送呢？"

"我让你亲自送去，的确有我的理由。倒是你给老爷子看那本书的时候，他有什么特别的举止吗？"

"有啊，爷爷特别高兴，还边笑边拉着我的手，握了很久。"

"原来如此。听你的描述，我越来越觉得第二种可能才是对的。"

"第二种可能？"蔡沉默了一会儿，认真地问道。

"第一种可能是老爷子想要的书刚好就是这本《祁克

果的宗教思想》。第二种可能是他在视频中不断重复的根本不是什么书，或者什么作家。当然这也只是我的猜测而已，我们有可能完全想错了方向。"

"不是书？也不是作家？那是什么？"

"是你，蔡高银。老爷子很有可能只是在叫你的名字。"[①]

"我……的名字？"

"我昨天坐在书房的长椅上忽然想到了这一点。老爷子最疼惜的根本就不是什么书，而是他唯一的孙女，蔡高银。我是这么猜的。当然了，这也许是我的一番妄想，但这种感觉很强烈。"

蔡一时没出声，而我也因为自己无缘无故地说了多余的话在电话的这一头感到尴尬。其实只要谈关于书的事，不多言其他，这次的找书任务便能轻松愉快地画上句号。

不过一会儿，蔡笑着说："我觉得您说的两种可能都有。其实爷爷一直以来都对宗教颇有钻研，他看到克尔凯郭尔的书应该是很高兴的。而且我也确实很久没有去看过爷爷了。虽不知道爷爷的想法如何，但我觉得以后应该多去看看他。老板，这次的事很多方面都承蒙您费心，真心感谢您。"

我挂断电话，内心的石头落了地，心情也轻松了许多。

---

① 韩文中"书"与"蔡"的发音相近。——译者注

然而当我突然想起自己曾在那间书房恍若失神地注视着几万本藏书，我的心又悸动起来。多美好的一间书房，人生的痕迹都在其中。

他疼爱的孙女，他钻研的宗教，一幕幕都浮现在我眼前。人生走到最后，对一个人的眷念之情和一间数万本藏书的书房，哪还有什么孰轻孰重？或许这就是所谓的人生的讽刺。如此说来，那本克尔凯郭尔刚好就放在我称为"讽刺"的第三间房的一个书架的拐角处。其实所有的书都和人生一样具有讽刺意味，因为写书人的人生故事就在书里。

抽丝剥茧

《傻瓜王国海乌姆》
艾萨克·巴什维斯·辛格著，黄明杰译
互协出版社，1979 年版

开这间书店帮人找那些满载回忆的书却只收和书有关的故事作为酬劳，不觉间这工作我已做了十多年。人们找书的理由林林总总，那些和书有关的故事也形形色色。有人会因为一些微不足道的缘由找一本书找上好几年，也有人会在书中遇上一段心潮澎湃的人生。太多的故事都太过珍贵，而这些故事绝非以酬劳之名就可以轻易获得。

要找一本不知身在何处的绝版书并非易事。但我相信只要在这世上存在过的书，就总有办法能找到。其实每本书都有所谓的版权信息，包括书名、作者、出版社、出版日期等，只要知道这些信息就可以着手开始找。

不过偶尔会有客人来让我找一些版权信息不详的书。往往客人都不知道自己想找的是一本什么样的书。可我哪有办法找到一本信息不详的书？自己什么都不知道，还想找书！但这样的客人总会出现，就像两年前来书店的金女士。

金女士是一名普普通通的上班族，她想找她父亲给她推荐过的一本书。我拿出本子和笔，让她告诉我书名和出版社。

"老板，那个……书名啊……"金支支吾吾，没一句准话。

"您得先告诉我书名和出版社，这样才好找。有什么问题吗？"

金听我如此问道，先是叹了口气，随后说："其实我也不知道书名。"

"有时太老的书不记得书名也是有的，那你告诉书的作者或出版社，我可以大概推断一下。"

"很抱歉，我真的什么都不记得了。我见到那本书的时候是 70 年代，所以书有可能是那个年代出版的，别的我就真不知道了。"

我一时语塞，两人面面相觑。我让她回想关于那本书的所有记忆，哪怕一点细节都好。但金说她已经记不清任何细节，书的尺寸厚薄，封面插画……她什么意思？除非我像埃德加·凯西那样有通灵术，能进入对方的意识世界，否则根本不可能知道她想找的是一本什么样的书。我虽不知道金到底想让我帮她找什么书，但两人面对面坐着，总不能靠笔仙指引吧？拜托，现在笔仙都已经烂大街，连电视剧都不拍这种题材了。我无聊地在心里犯着嘀咕。

我们也不知沉默了多久，这时金先说话了。

"可是老板，听说您什么书都能找到，我这才来拜托您的呀。"

"话是没错，但现在就连要找的书是什么都不知道，这怎么找？而且您就一丁点儿都想不起来吗？好，那我倒是想问了，您想找这本书来干什么？"

如果想找一本记忆模糊的书，那么先引导对方说出一段读书时的记忆也未尝不是一个好办法，于是我顺势换了一种问话策略。有时若能回想起读书时发生的事，或者当时和谁聊过什么话，说不定忽然就会想起一些关于那本书的细节。我让金告诉我她是如何知道的这本书，所幸她对书之外的事记得相当清楚。

"那书是我小时候我爸给我的，但我又不喜欢看书，而且我也不知道他为什么会把那本书当作礼物送给我。他送我书的那天既不是我的生日，家里也没什么特别的事。总之我收到书之后，把书往书架上一放，就没再管过了。"

"好歹是父亲送的书，一般来说，长辈送的书多少还是会看一看，您不会连翻都没翻开过吧？"

"我就稍微打量了一下。我是真不喜欢看书。大概过了一个星期，我爸问我书看完了没。其实我连翻都没翻开过，但心里多少有些过意不去，于是应付他说：'嗯，还挺好看的。'我爸说：'这本书等你以后长大了也能看，好好看啊！'"

看来，这次的委托绝非我一个书店老板就能完成，无论如何还得外聘一位侦探来帮忙才行。说实在的，找书和当侦探也没太大区别，都是先记下一些细节，然后收集信息，再完成整幅拼图。刚才金女士的话语中就有一块拼图，而且这块拼图还不小。

我把眼睛眯得又细又长，好似一名真正的职业侦探："您刚才的话里就有一条非常重要的线索。您父亲说，'这本书等你以后长大了也能看'。也就是说他送你的这本书不仅仅是一本儿童读物，很有可能是一本适合成年人读的童话。那么我们就可以推断这本书应该和《海鸥乔森纳》《爱心树》《小王子》是同一类型。有了这条线索，我们需要查找的书籍范围也就缩小了许多。您还记得些什么？不妨都说一说。"

金见我一番推断，竟忍不住鼓起掌来："老板，您可太了不起了。"于是她更努力地回忆当时，一副愁眉蹙额的样子。忽然，她单手往桌上一拍，仿佛想起了什么不得了的事。

"我记得我后来翻开读过一次，实在是因为太过意不去，毕竟是父亲送的书。但与其说读，倒不如说是翻开看了一下。那本书的字挺多的，算不上是一本图画书，而且图画也都是黑白的。书里说的故事也很奇怪，一群奇奇怪怪的人住在一个奇奇怪怪的村子里，应该是一连串短篇故事合成的一本集子。嗯，反正内容已经全忘了，不过其中一篇有猫，还有狗，有农场，或者说……有野外？总之那篇故事有个角色，叫'娅恩'。"

可惜金尽自己最大的努力也只能想起这些。我又来回问了她几遍，但都没能问出什么有用的信息。若还想在此基础上更进一步，恐怕只有施展催眠之术才能奏效。金说，书是她读小学时父亲送给她的。也就是说该书的出版年份应该在 70 年代中后期，除此之外再无其他堪用的线索。

至此，真正的侦探工作才刚刚开始。其实侦探的工作说到底就是用一些零散的线索推理出一幅完整的拼图。不过那些名侦探一般都很少单独作业，福尔摩斯有华生，波洛先生有黑斯廷斯上尉。而我的脑海很快就浮现出一位适合解决此次"案件"的人选——收藏绝版书的钟表修理店老板，老卢。有时遇上一本难找的书，我就会去老卢店里找他聊聊。经常聊到云开雾散，思路自然就来了。

"我觉得应该先从'娅恩'这个名字开始下手，你说呢？"老罗掸了掸围裙上的灰尘说道。

"对，现在唯一有参考价值，而且相对确切的线索就是这个名字了。可'娅恩'究竟是谁？"

如此一问，我和老罗都陷入思索，谁也没再说话。嘀嘀嗒嗒的声音在狭小的钟表店响个不停。我开始观察起墙上的钟表，并注意到一些蹊跷。这里几乎所有的钟表都指向不同的时间，而且所指的时间都不是现在的时间。他这里的钟表没一个准时的，难道来店里修表的客人不会怀疑他的手艺？我问老卢为什么不把钟表对准，老卢却不经意地说："我是修表的，每天不是看钟就是看表。如果把店里的钟都调成同一个时间会有一种压迫感，所以才特地把每个钟的时间都调得岔开一点。"

"噢，好吧，我懂了。也就是说无所谓时间对不对，钟都可以正常走，只要卖出去的时候给客人调准了就行，对吧？"

"是啊，时间不准，钟准就行。谁说钟就一定要准时。"老卢像是还有什么话要说，嘴巴张开，表情却定在那儿。同时我的脑海也闪过一丝光线。我和老卢几乎同时"啊"了一声。

"所以'娅恩'也不一定就是人的名字，对吧？"老卢说。

其实我刚才刚好想到了这一点。如果"娅恩"不是人的名字，那就有可能是猫或狗的名字。如果"娅恩"是音译过来的一种动物的名字，那么也就可以推断出这本书写的是哪个国家。比如韩国就不会把"哲秀"和"英姬"这种名字用在动物身上，而且每个国家都有一些常用于动物的名字。如果能推断出这本书是哪个国家的原作，那么找书的麻烦就能少上好几倍。随着"娅恩"这条线索被重新定位，原本零散的拼图被迅速地拼在一起。我和老卢当时便断定这本书应该是某个斯拉夫国家的原作。然而并非所有推理都会马上指向正确答案，不过不管怎么说，能缩小找书范围就已经算得上收获颇丰了。

临走时老卢苦笑着对我说："斯拉夫国家可不是什么小范围，俄罗斯、捷克、波兰……而且还是一本儿童读物，即便你去找《韩国近代西洋文学引进史》之类的书来看，只怕也不会有记载的。"

"没办法，那就只能有空的时候去图书馆找了。今天过来一趟还是很有价值的。"

自那之后，我一有空闲就会去图书馆翻找儿童读物。然而 70 年代出版的儿童读物数量不可小觑，我也不可能一一查个遍，于是只得根据自己的找书经验设立一些标准，自己先慢慢找。首先这本书很有可能是一本畅销书。一位三十多岁的父亲想要送一本书给自己不怎么喜欢读书的女儿，那么想必是一本既有名又有趣的书。再结合当时韩国的时代特征，这本书会不会像乔治·奥威尔的《动物农场》那样，是一本社会讽刺作品？金的父亲说这本书以后长大了也能看，我看十有八九就是这样。

我奔走于各大图书馆，找到这本书已是一年之后。书是波兰出生的诺贝尔文学奖获奖作家艾萨克·巴什维斯·辛格写的《傻瓜王国海乌姆》。书里有狗和猫的故事，其中猫的名字就叫"娅恩"，所幸和我的预想出入并不大。这本书是世界级畅销书，直到现在都可以在书店买到新版本。后来我又花了几个月时间找到了互协出版社出版的《傻瓜王国海乌姆》初版，给了金。

金时隔两年再次来到书店，我问她为何执意于一本"不知道"的书。

"爸爸送我的那本书我没读过。后来我读高中时，爸爸因病去世，他走得太突然，我连伤心都来不及。从那之后我们家就经常搬家，爸爸送我的书也不知道去哪儿了。我很后悔。哪怕这本书我就读过一次，那么我记忆中的爸爸是否会比现在更加英伟一些呢？但这本书怎么都找不到，我又怎么可能找得到一本'不知道'的书。"

这时的金已不是父亲刚过世时的那个小女孩，她接过这本《傻瓜王国海乌姆》，拿在手里看来看去，神情很平静。不过一会儿，她问我："您是怎么找到这本'不知道'

的书的？实在是太神奇了！”

我拿出纸袋，帮她把书装进去。

“书的确是我找到的，但如果书自己不想出现，那么我可能现在还在某个图书馆的书架之间来回翻找呢。”

“您刚才是说‘书会自己出现’吗？”

“对，至少我的经验是这么告诉我的。我经常能感觉到书和人之间有一种联系。书感受到了找书人的心意足够恳切，自然就露面了。我看这次能找到书，也是因为您的心意和书相通，书才出现的。所以请您好好珍藏这本书，这次一定要好好读啊！”

金多次向我保证，这次一定会好好读。而且她还说，从某种角度来看，这是她父亲留下的唯一一件遗物，所以一定会好好珍藏。找书花了近两年时间，但看到金女士欣喜的样子，我的心里也非常欣慰。

书和人之间有着某种联系，这种联系就像一根看不见的线。即便你认为自己和书已经彼此心意相通，然而任凭你到处寻找，书也不会立刻出现。只有在感受到寻书者真挚的心意之后，书才会在不经意间被找到。

壮 汉

《哲学入门》
罗纳德·格洛索普著，李致范译
理论与实践出版社，1986 年版

　　据韩国文化体育观光部 2019 年的统计数据显示，韩国成年人的平均阅读量为每人每年六本书。可怜才六本！其实这并非表示每个韩国人每年都会读六本书，而是一个平均值。比如我的职业需要经常和书打交道，一个月下来会看将近三十本书。其中当然不乏看书看得比我多得多的人，但与之相反，几乎不读书的人群数量也相当庞大。这组数据还显示，有 48% 的韩国成年人一年连一本书都读不下来。也就是说，当你随意去到一处繁华喧嚣之地，目光所及之处有一半的人都没在读书。

我并没有办法分辨出人群之中谁不读书。这种事任谁都无法一眼看穿，况且他们也不会把"我不读书"四个字写在额头上。然而"不幸"的是，有些人不知为何看上去就一副平时不看书的样子。我承认我抱有这样的偏见已不是一天两天。比如正坐在我面前的吴先生，一种道不明缘由的刻板印象始终无法让我将他和书联系在一起。

　　吴推门进来时，我想当然地以为他走错了地方。其实偶尔会有来访的人以为这里是一间洗手间，莫名其妙。不过我都已经习惯了。客人把头从门缝里伸进来说："嗯？不好意思，我还以为这里是洗手间呢！"又把门关上。我如同接到了一通拨错的电话，不冷不热地说："您走错了，这里不是洗手间。"其实推门进来的人已经再清楚不过，这里是一间书店，不是卫生间。但我总会不厌其烦地多强调一次，以表达自己内心的不自在。

　　眼前推门进来的吴先生身材粗壮，一身肌肉隆起，堪比职业摔跤选手。虽然他一身衣着得体，穿戴很是整齐，但我仍有些失措，不知该将目光投向哪里。他不会以为这里还有间健身房吧？吴大步朝我走来，站在我面前向我介绍了他的名字，并问我能不能帮他找书。说实话，我心里有些害怕，眼前这人的声音粗犷，长相也相当粗野。即便我与他话语往来之间已经尽量让自己显得果毅，但整个场景看上去仍然像我在被人胁迫。若这时还有另一个视角能观察自己，那我一定是一副怯生生的模样。

"我虽不知道您想找什么书，但如果您能预约，那么我也能预估一下，您想找的书是否能找到。"

"很抱歉，我不知道要预约。其实是我弟弟叫我来的，说这里的书店老板什么书都能找到。"

此言一出，我顿时有些自豪。人的心思可真奇怪，刚才还紧绷着一根弦，生怕一言不合就会被眼前这人揍上一顿，现在又感觉轻飘飘的，如羽毛一般。

"嗯，坊间确实有这样的传言。但我也是人，并非所有的书都能找到。"

"反正我弟弟是这么说的。他说，只要存在过的书，您就一定能找到。您可一定得帮帮我。我花了很长时间才听懂我弟弟说了些什么，这才找过来的。"

我感觉吴接下来讲的故事会非常纠葛，于是抽出书桌前的椅子先让他坐下。

"听说给您讲和书有关的故事，您就会帮忙找书。但我的故事太私人了，没问题吗？"

"找书的故事都是很私人的，没关系，您放开说就好。"

说罢，吴从裤子口袋掏出一张纸。他手臂的肌肉太过粗壮，以至于简单日常的动作都显得有些不自然。他把对折的纸张展开放在我面前，上面有些抽象潦草的字迹，看上去像字母，但不知其意。其实整张纸更像小孩子第一次拿起彩色铅笔时随意涂画所留下的痕迹。

"这是什么？"

"其实我也想知道这是什么。"吴恢恢地答道，"我把这张纸拿过来，就是想让您看看，能不能认出这上面写的是什么。"

我摇了摇头，吴接着说："我想找的书是罗纳德·格洛索普的《哲学入门》。还有这张纸，是我弟弟写的，我也不知道是什么意思。"

"这是您弟弟写的？"我又看了看那张纸，依旧觉得像一封外星人的来信。

"我觉得可能是某本书的名字。我弟弟是一名临聘讲师，在大学教授关于哲学的选修课。而且这本《哲学入门》也是我弟弟让我看的。我平时不怎么看书，但他变成现在这个样子之前曾让我看这本书。"

"抱歉，我打断一下，您刚才说他'变成现在这个样子'，是什么意思？"

从刚才无法解读的那张纸，到弟弟是大学临聘讲师，哥哥是典型的壮汉，弟弟又变成了"现在这个样子"。这番对话，我却始终没能抓住头绪。

"啊，对不起。我是不是前言不搭后语？其实得从我弟弟的事说起。哎，我总是这样，没什么条理。估计我弟弟也受不了我这样的性格。我弟弟是一名大学临聘讲师，大约半年前脑中风了。还好现在恢复了意识，只是平时和人交流有困难。我和我父母基本听不懂他说的话。他现在好不容易手腕能动，能勉强写出几个字，好歹算是能沟通了。"

吴将桌上的纸原样折好，打算放回口袋。

"等等！您再给我看一下。"

我忽然莫名觉得自己能认出那纸上的字。如果把"哲学"这两个字摆在前面，再来看纸上的内容，就好像一张全息图，映射出一连串熟悉的字符。

"我觉得这里的第一个字不是数字'6'，就是字母'b'，旁边这个字很像一根断了的杆子，像't'，接下来是一根微微向下弯曲的棍子，那就是'l'。如果您的弟弟是双手没有知觉的情况下写的这行字，那么我猜前面三个字应该是'伯特兰'，后两个字就应该是'罗素'了。而且这两个往右偏的符号应该不是字母，我猜他想写的应该是斜体的书名号，这符号常用来表示书籍。如果这是一本书，那么这本书应该是《西方哲学史》。我可以肯定。"

我自顾自地解释着，再抬头一看，吴却用异样的眼神盯着我。我有些尴尬，于是"嗯"了两声，像是为自己做个收场，接着又把那张纸原样递给了他。

"总的来说，我也是猜的，也有可能不对。"

"您真厉害！您说得对，好像就是这几个字，伯特兰什么来着？您到底是怎么看出来的？"

"是伯特兰·罗素。您说您弟弟是学哲学的，这一点提醒了我。所以我就开始在脑海里搜索哲学家和哲学著作，正好想到了英国哲学家伯特兰·罗素，而且他还获得过诺贝尔文学奖，是一名杰出的作家。他写的最有名的一本书就是《西方哲学史》。"

"噢，伯特兰·罗素，原来是人的名字啊！怪不得人说'所见即所知'。我和我弟弟不同，书本和学习方面完全是个门外汉。我从小喜欢运动，根本就坐不住。到现在都这样，改不了。"吴拍了拍自己厚实的胸肌，笑着向我展示。而我和吴也渐渐熟络，说起话来完全不似刚才那般紧张。

"您能说说，您为什么想找这本《哲学入门》吗？"

"这件事就比较私人了。"吴说话之间将双手放在膝盖上，坐得端端正正。

"我和弟弟相差两岁，从小我们的性格和体格就大相径庭，甚至有人怀疑我们不是亲兄弟。我总喜欢和朋友们一起出去玩，可他就喜欢自己一个人在房间里看书。他身子也虚，像个药罐子似的，哪像我这种体格。但是他学习好，考上了好大学。我不像我弟弟那么聪明，所以开始专注体育。我们两兄弟的人生从一开始便注定要走向不同的路。我弟弟攻读博士期间，我在一家健身房找到了工作，成为了一名健身教练。现在我自己经营着一家小型体育馆。"

"您的弟弟博士一毕业就去当讲师了吗？"

"他一开始不是讲师。"吴说话时活动了一下肩膀和脖子，也不知是不是为了缓解尴尬。

"他最开始在一所挺不错的大学担任助理教授。我想，这小子可算出息了。可他太不知变通，向学校告发一位同校的资深教授挪用研究经费。但校方的反应却出人意料，认为教授将一部分研究经费用于个人的事已成惯例，并无不妥。我弟弟因为这件事被学校开除，而且他也很难再在其他大学找到正式工作。此后不久，他进了一家高考补习班。可那小子身体本来就弱，体力跟不上那么高强度的工作。我也实在看不下去，于是向他提议，问他要不要来体育馆工作，正好办公室还有一个职位空缺。不过他拒绝了。从那之后，我们就渐渐疏远了。"

其实吴的弟弟还想继续学业，而吴却朝弟弟吼道："学这些能有什么用？"兄弟两人的路本就不一样，无法理解对方也是自然。不过吴有一天实在气不过，冲进弟弟的房间，把他书架上的书全部掀翻在地。弟弟拿哥哥毫无办法，只得抱起散落一地的书委屈地哭了。

"他说他在写一本书。这是我第一次听他说写书的事。他写了一些自己对哲学的理解。他还说他写完这本书就会按我的安排去工作。他当时正抱着自己的稿子在哭，然后递给我一本《哲学入门》。书很旧，他让我多少读一下。我以为他拿我开玩笑，一气之下把书撕了个粉碎。那次之后，我们有很长一段时间都没再见过面。"

吴后来得知弟弟在大学当临聘讲师。其实他并不清楚临聘讲师是一份什么样的工作，想当然地以为在大学教课总比在补习班来得轻松，且报酬丰厚。原来大学临聘讲师非但不稳定，收入也还不如在体育馆拿时薪的工读生。然而直到吴的弟弟因过劳和压力脑中风之后，吴才知道这一切。

"虽说现在交流上还有些困难，但幸好他已经恢复了意识。我很心痛，是我把他逼到这个地步，我得为他做我能做的事。我后来猛然想起他之前写过书稿，而且他当时说已经快收尾了，所以我想，我也许可以帮他完成这本书。"

吴满怀希望地翻开弟弟的书稿，却如一盆冷水从头浇下。一本哲学书的手稿，字都认识，他却看不懂是什么意思。吴将书稿拿到弟弟面前，告诉他想帮其完成书稿的想法。弟弟虽无法用言语表达，但我想他的目光一定充满了感激，才在那张纸上写下了"伯特兰·罗素，《西方哲学史》"。

"我估计您的弟弟可能是想让您读一读哲学方面的概论书，这样您才好理解他书稿中的术语和句子。"

"我觉得您说得有道理。所以我才想找那本被我撕毁的《哲学入门》。我本来以为去书店就能买到，但那是本老书，书店没有。说起来真不好意思，直到我去书店找书时，才知道书原来还会绝版。"

吴低头看了看他弟弟写的那张纸，而我也在思考自己能为他们做点儿什么。

"《哲学入门》这本书归我去找。而且您的弟弟也说了，'只要存在，就一定能找到'。其实这也是伯特兰·罗素的一种哲学方法。"

"啊？什么意思？"吴连连眨了几下眼睛，"哲学难道不是寻找人生答案的一门学问吗？伯特兰·罗素找到答案了吗？"

"没有。寻找人生的答案就像在太空中寻找外星文明。外星文明可能有很多，但也可能没有。所以罗素说，哲学并非找到答案，而是寻找答案的过程。您的弟弟苦苦找寻的也不是答案，而是通向答案的那条路。"

我起身走向店里存放哲学书籍的那一组书柜。

"店里正好有一本罗素的《西方哲学史》。其实这本书是一本名著，在一般的书店也能买到。不过既然您都来了，这本书就送给您作为礼物吧。而且书的内容不难，在找到那本《哲学入门》之前，您可以先读一读这一本。"

吴接过书，鞠躬向我说谢谢。他单手拿书，轻轻举起又缓缓放下，试了试书的重量和手感，说道："这本书很厚实，很有分量。我估计要花上一段时间才能读完，要是看书无聊了，还能当哑铃用，一举两得。哈哈。"

　　我想帮吴把书放进纸袋，可他却徒手拿起厚重的书，笑着说权当是在锻炼身体。他推开书店的门，我看着他宽阔的肩背，我相信他迟早会理解他弟弟找寻的那条路。我不知他们兄弟二人能否找到属于自己的人生光景，但只要存在，就一定能找到。

小姑娘布置的作业

《用忧郁的眼光看世界》
萧沆^①著，金正淑译
这片土地出版社，1992 年版

我从小就被人说心态消极。其实我也在一点一点地努力改变。但我的性格本来就是这样，所以即便下定决心想改，轻易也改不掉。不过这种性格在很多方面都曾给予我帮助，尤其是开旧书店之前，那时我还在一家 IT 企业工作。

有人会说，作为一名职场人士，不是应该尽可能地保持心态积极吗。但我从事的职业是程序员，从业务特性上来看，心态消极反而有利于工作的展开。

————————

① 萧沆（Emil Cioran，1911—1995，也译作"齐奥朗"）。

110

程序员加班是常事，因此同人之间经常流传着这样一句话："如果程序有错误，就加班修复。如果程序没有错误，就加班寻找可能会发生的错误。"其实后面这句话很矛盾。因为如果程序没有错误，那么寻找错误的理由也就不复存在。但如果要创建一个庞大而复杂的程序，这种矛盾就会随处可见。经常是程序明明有错误，不过目前仍然运行良好。所以程序员才会将软件错误简称为"bug"。

字如其义，软件错误在一个巨大的程序中就像一只小虫子。刚开始运行程序时显然不会有问题。不过这种错误就好像家里有几只蟑螂，只是暂时不会出现在眼前罢了。然而你永远不知道电脑中的小虫子何时会诱发问题。或许是明天，或者是一个星期，甚至几个月之后……一个巨大问题突然就爆发开来。所以一开始就默认程序有错误，反而比较有安全感，因为发现错误之后修复即可。

于是程序员抱有消极的想法便成了一种常态。好不容易写完程序，按下运行键，却不相信自己辛苦编写的程序会正常运行。讽刺吗？但事实就是这样。

倘若一开始就自信程序不会出错，待到程序无法正常运行时，修复起来也慢。而且一味相信程序会正常运行而没有提前预设错误的应对方案，到时错误一来，就会手足无措。相反，如果提前防备好各种错误，处理起来也会快上许多。

电脑并非万能机器,各式各样的错误都会发生。即便最新款的笔记本电脑或智能手机都会有错误,所以经常需要通过软件更新来修复这些错误便也可以理解了。

我做了将近十年的程序员,消极对待一切已经成为一种自然习惯。然而这个世界并非程序,凡事套用程序思维也无益处。所以我尝试一点点地改变,哪怕这个过程非常缓慢。不过在书和人的环境中工作,对于改善消极心态大有裨益。

譬如,朴先生就是这种情况。不久前朴先生过来找我帮他找书。此人可算是我找书生涯中的一名"劲敌"。若有人问消极性格的典型人物是谁,我会毫不犹豫地回答,最典型的就是他。

在他踏进书店的那一瞬间,我就从他身上感受到了一股阴郁的气息喷薄而出。武侠小说中那些内家高手都会散发出一股气息把人镇住,朴正是如此。这人的面相硬朗,有种似曾相识的感觉。我想起曾有过一面之缘,但如今故去的儿童文学家李五德先生,朴就是那种长相。

"您请坐吧。您是来找我找绝版书的吗?"我笑得和蔼,尽可能地表现出礼貌又客气的样子。然而他并没有马上坐下,而是直直地盯着我看。我预感事情不妙。

"您是这儿的老板吗?我是来找老板的。"

"对,我是老板。之前您在邮件中说您今天来访,我正等着您呢。这里就我一个人，没有其他员工。"

"好的。不过看店的人未必就是老板，先确认一下也好。"他单手拉开椅子坐下。朴的话并没错，可没必要说出来，让人听着不爽。

"请您告诉我您想找什么书，以及为什么想找这本书吧。我在邮件中也说明了，找书不收钱，您讲故事就行。"

"不过我说了您就真能找到吗？找书这种事，谁都没法保证一定能找到的吧？没想到还真有人接这种工作，挺让人意外的。"

我怀疑他已经超出了消极性格的范畴，更接近于疑心病的状态。如果他一开始就认为书会找不到，那么大老远地跑来一趟又是为什么呢？我若如此回驳，恐怕即刻就会吵起来，于是只好忍下。唉，社会生活真是心累。

"有时的确找不到。不过只要您愿意等，我会一直留意着为您找，只是时间会久一点。而且我一直认为，只要存在过的书，就没有理由找不到。"我之所以把这话先摆出来，是因为之前有人委托我找一本并不存在的书，害我白忙活了很久。谁知道这次会不会重蹈覆辙，我还是先防着吧。

"刚才说话有冒犯之处还请您谅解，我性格比较消极。我是做企业的，公司经营也得益于我这消极的性格。如果什么话都一说就信，恐怕公司早就没了。所以无论什么事，我都习惯性地先否定，先怀疑。其实我之所以来找书，也是因为我这消极的性格。"

这性格可不讨喜，不过且听他会给我一个什么样的故事。

朴一家三口，他、妻子和大学刚毕业的儿子。儿子前不久交了女朋友。朴是典型的父权式家长，认为子女谈对象应先得到父母的应允，于是让儿子邀请对方来家里做客。朴的儿子勉强答应，并且和女朋友约好就在几天后见家长。

"我和他们讲了很久的道理，比如爱是什么，所谓婚姻又是什么。我说：'什么是爱？无非就是一种感情。无论是喜欢还是讨厌，这些感情都不会长久，如果你们是因为感情在一起，那还不如就此作罢。'不过小姑娘竟然回起嘴来。她说：'如果爱是一种感情，而感情又不会长久，按照您说的，那就只需要根据眼前的实际情况来判断，无论喜欢谁都可以，是这样吗？'我说：'即便是眼前看得见摸得着的东西，也不见得就是永远，也没有意义。'"

我虽不是当事人，却在一旁听得窝火。

"我实在不明白，如果您只是想说这些，那为什么还邀请人家小姑娘到家里来？还是说，您已经预想好了答案，想看他们是否答得上？"

"这种事哪有什么答案？何况我也不是为了反对两人交往，才把人家小姑娘叫到家里来的。其实我也说了，我只是想告诉他们，这世上本没有答案，只有两人齐心协力，才能找到所谓的意义。"

朴一家人留小姑娘吃晚饭，一顿家常便饭倒也寻常。不过当朴说起小姑娘临走时的情景，却忽地正了正坐姿，连嘴角都不自觉地舒展开来。眼前这位朴先生看上去阴阴沉沉，可一旦脸上挂笑，神情即刻就明朗起来。他之所以如此高兴，是因为小姑娘告别时突如其来地给他布置了一项"作业"。

"她说她会找到我所谓的意义，而且还让我去看萧沆的《用忧郁的眼光看世界》。她说：'这书是我读大学时教授推荐的，不过已经绝版了，我自己也没读过。但我觉得您一定会喜欢这本书。'我欣然接受了她的提议。小姑娘自信的样子很好，我儿子也应该学学她的性格。"朴颇有兴味地笑着说道。

萧沆1911年出生于罗马尼亚，二战后定居巴黎，用法语写作。他的文字刻薄，堪称叔本华再世。正因为他独特的哲学，一些读者不吝言辞地赞美他的书是一部现代圣经。但也有不少人评价他的书不值一读，称其不过是抱怨者的牢骚，徒增一些毫无意义的话语，对生活没有任何帮助。

"性格消极到他这种程度，读萧沆倒还真挺合适。"老卢说这话时整个身子趴在操作台，头也不抬地盯着眼前被拆得七零八落的手表零件。老卢在找书这件事上给过我许多帮助。他是一家钟表修理店的老板，不过太喜欢书，以至于店里许多地方都塞满了书，比摆出来的钟表都多。

老卢有时会直接帮我找书，有时会告诉我上哪儿才能找到。我今天就是来问他，朴先生想找的这本书该从何下手。

我坐在一旁的椅子上看着满墙的挂钟，问道："你平常修表的时候是个什么心态？觉得只要是表就都能修好吗？"

"这可不好说。"老卢抬头看了我一眼，说道，"既然表都是人造的，那自然都能修得好。我一般修完表，到最后盖上后盖，基本不会给出'翻过面来指针不走'的预判。一是我喜欢摆弄这些小玩意儿，二是我相信自己的技术。其实这也算一种萧沆的哲学。"

老卢的表情有些神秘，并让我一周后再来。其实老卢也喜欢萧沆，他正好有那本书的初版，不过他家里的书太多，得周末专门抽时间找才行。

我把带来的精工石英表放在老卢的操作台上。这款表是 80 年代的日本原产货，是我很爱惜的一块表。"没想到书这么快就有着落，谢了。到你这来一趟，我顺便给手表换一块电池。"

"电池一万韩元，你给三万吧。另外两万算书钱和高危作业津贴。我家里的书堆得太高，找着找着，万一书倒下来，人会被砸伤。"老卢边说边摆弄着手表零件，仿佛整个人都要钻进表盘里。

一周后，老卢如约将书给我，我又转交给朴先生。

萧沆，《用忧郁的眼光看世界》，这片土地出版社，1992 年版。其实这书的原名叫《历史与乌托邦》（*Histoire et Utopie*），许是编辑觉得书名太过死板，便改成了现在的书名。

"据说萧沆是一个虚无主义的厌世哲学家，这本书写的竟是乌托邦，有意思。"朴笑着说道。我难得一次找书找得这么轻松，心情甚是舒畅，不过同时也有遗憾。

"其实我也没看过这本书，好奇它里面写的是什么。您看完之后，什么时候有时间再来书店坐坐吧，到时也给我说一说。"虽是句客套话，但我估计他应该不会再来了。你看，一句简单的客套话，我都会不由自主地往消极的方面想。难道消极思维能让人活得更轻松？仔细想来，或许我并非消极，而是养成了一种让自己更轻松的惯性思维？我曾一度苦闷于这个问题，内心烦躁。

时间差不多过了一个月，朴先生又来到书店。他从包里掏出那本萧沆的书放在我桌上。

"这本书不厚，但没想到读了这么长时间才读完。内容很不错，我从书里学到了很多，对于自己的行为和想法也有所反思。"

"那您的想法有没有稍微积极一点？"我拿起桌上的书，向他问道。

"人怎么会轻易改变。我还是丢不掉消极的思考方式。不过我从书中得到了一些启发。这书让人看到一种希望，原来消极思维也能充分地发展为生产力。这种消极并非吞噬世界、吞噬自我的消极，而是苦恼于所有的一切是否存在某种新的方向，一种具有生产性的消极。"

说着，朴把书翻到某一页，给我看其中一句意味不明的话："所谓完整意义上的意愿，是意识不到意愿的同时，并拒绝在意志之上施加任何压力。"

"我理解的是，只有明确地知道自己想要什么的人，才能从'想要'这件事中解脱出来。而且我也下定了决心，以后无论是工作还是家庭生活，都要调整自己的固执。因为到头来，固执才是我想要的，才是我所追求的。不过这种固执并非那种逆时代潮流的固执，而是一天一天改变、一点一点进步的健康的固执。"

朴把书合上，又重新递给我，轻轻朝我点头说："以后有机会再见"，接着吱呀一声拉开书店大门准备离开。

我倏地一惊，才意识到书还在我手里，于是赶紧把他叫住："朴先生，您的书，得带走呀！"

朴回过头来笑着对我说："我已经读完了，书就留着卖给其他有需要的人吧。肯定会有人需要这本书的。或者您留着自己看也行。"

我手中拿着书，一时不知该说什么，只得鞠躬向他道谢。其实我想对他说，他说话带笑的样子很和蔼，不过我并未将此话说出口。谁会不喜欢他笑颜如春风的样子，又何需我多言。

自上次送走朴先生后，到现在已不知过了多久，然而我消极的性格却仍然没有多少改变。萧沆的书卖不出去，于是我翻来覆去地读了好几遍，勉强理解了朴所谓的"健康的固执"。我早已离开程序员的世界，不需要和计算机较劲，也没必要用消极思维来看待世间事。我心里一边想着这些话，一边把书店门打开，准备今天的营业。

金老先生的安静午后

《现代世界文学全集 2》
玛格丽特·杜拉斯著，郭光秀译
新丘文化社，1968 年版

我和金老先生面对面坐着，桌上放着一本我为他找来的旧书。现在刚好是下午 4 点 15 分，这模棱两可的来访时间是金老定的。六个月前他托我帮他找书，那次我们也像今天这样相对而坐。然而才不过半年，他的样子就已苍老许多，再见如同相隔多年。

他布满皱纹的手在书上轻轻抚了抚，说："人老了就是这样，不是有句话叫'古稀孩提，白驹过隙'吗？"

金老想找的书是新丘文化社 1968 年发行的《现代世界文学全集》第二册初版。这本书收录了勒·克莱齐奥、德·芒迪亚格和玛格丽特·杜拉斯的小说。而且他尤其指明想看杜拉斯的《昂代斯玛先生的午后》。

"不知不觉我也到了昂代斯玛先生的年纪……"他把眼睛闭上，又缓缓张开。

"您说第一次看这本书，还是您高中的时候，现在重新再读，应该会有不一样的感触吧？"

"那是当然，甚至像在读一本完全不一样的小说。"

金老有时口齿不清，说起话来嚅嚅嗫嗫，不知在嘀咕些什么。这会儿正是书店清静的时候，我帮他沏了杯茶过来。

"您读杜拉斯的时候我还没出生呢！您要不介意，能给我说说当年读这书的感受吗？"

"呵呵，问我当年读书的感受啊！"金老笑着说道，"我的那些子女从来没问过我这样的问题。他们忙着赚钱。我要是昂代斯玛先生，人生会不会是另外一个样子啊！唉，我怎么把情节跳过，直接谈感想了。抱歉。我先想想该怎么说吧。我现在年纪大了，有些细节只怕记不清，你多谅解。"

金老喝了口茶，把书翻到开头的地方。

"'它从那条山路的左侧走了过来……'对，这是第一句，我记得，没错。这一段说的是一条狗。小说的开头有条狗，昂代斯玛先生坐在别墅露台的椅子上，看着这条狗朝他走去。书里的昂代斯玛先生有七十多岁了。以前我家附近也有野狗。我当时读高三，春天，正是关键的时候。

家里有子女考大学，学生和家长都受累。我那会儿一直是优等生，这意味着从班主任到街坊邻居，每个人都会看我考去哪所大学。我读的是光州一中，每次都考第一。而且周围的人也一直相信我会保持下去。所以我除了学习也没想过其他事，免得辜负了大家的期望。其实我当时并没有所谓的人生理想，唯一的目标就是考第一。我读书的时候个性不出挑，整个学生时代都没做过什么能给人留下印象的事。所以也没朋友，就连关系好的同学都少，更别说女生了。但我喜欢看书，小说里的人物就是我的朋友。进高三时，父母说送我一套书，让我挑。临到最后冲刺了，算是为我加油打气。我想都没想就让他们给我买新丘文化社出版的《现代世界文学全集》。其实我之前去市区的书店看过这套书的广告，就贴在书店的墙上。整套书有六本，很多新锐作家的作品都在列，约翰·福尔斯、约翰·厄普代克……很想买来一读为快。那时我还想，如何才能找机会让父母给我买呢。老板，你读过杜拉斯的作品吗？"

我原本沉浸在金老的叙述之中，不承想他忽然转移话题，问我读没读过杜拉斯的作品，让我一时错愕。不过仔细想来，我读过的杜拉斯的作品并不多。

"我读过《广岛之恋》和《情人》，不过这两部作品本就出名。我还读过她临终写的《全在这里了》，高宗锡译的版本，整本书的篇幅倒是不长。这本《昂代斯玛先生

122

的午后》我还是第一次读。说实话，我也是读了这本书，才知道原来杜拉斯的作品中还有这样的小说。"

金老频频点头，然后把桌上的书递给我，让我找到书中瓦莱莉的部分。我把书翻到瓦莱莉开着黑色汽车的那一页，说："瓦莱莉是从这里开始登场的。"

"瓦莱莉……"金老深吸口气，说道，"书中除了写她是金发之外，并没有仔细描写她的外貌。但我在脑海中按自己的意愿构想了她的样子，同时对她产生了一种微妙的感情。杜拉斯在《情人》这本书成名之前就写下了《昂代斯玛先生的午后》。小说写的是老人的故事，但那时我还是高中生，所以完全不觉得。不过这也难怪。书中的昂代斯玛先生年轻时赚了很多钱。钱是有了，但其他的却没留下。妻子比他先走，只留下一个十八岁的女儿瓦莱莉。昂代斯玛先生非常疼爱这个女儿，她想要什么就给什么。瓦莱莉想要一栋远离城镇喧嚣的别墅，昂代斯玛先生就给她买了。她想把别墅的露台装饰得漂亮一点，昂代斯玛先生就照做。所以他才从建筑商阿尔克那里要了报价。书里写的是他在等着阿尔克过来，但约定的时间过了很久，也不见他来。整个小说的情节就是这样，我第一次读的时候有点哭笑不得。"

"不过我看瓦莱莉在小说里的戏份儿并不突出，您是被瓦莱莉的哪一点吸引的呢？"

我贸然打断金老，他显得有些惊讶，于是我赶紧说了句抱歉。

"我刚才说到瓦莱莉了，对吧？我年纪大了，有时候想的和说的对不上，词不达意。是的，瓦莱莉的情节不多，只在昂代斯玛先生的回忆场景中有过一些片段。可这种若隐若现的出场，反而让我心动不已。我读小说的时候都不知道胡思乱想了多少。我甚至还幻想和瓦莱莉在一幢被树木环绕的别墅里结婚，而且那别墅的露台装饰得很漂亮，我和她一起在那儿生活。虽然那时候我连济州岛都没去过，不过脑海中却尽情地刻画着法国南部的某个村庄。这么说来，瓦莱莉应该算是我的初恋情人。哈哈。"

高三时期的金老后来愈加发奋学习，也不知这是否应归功于瓦莱莉。他本来想考全南大学，但最后考上了首尔大学。前来庆贺的亲邻就差在他家门前大摆宴席。不过金老的人生自那之后便乏善可陈。他大学毕业后直接进入大公司，然后一直在公司上班。接下来相亲，结婚，生子，育有二子一女。现在子女都已长大，有了自己的生活。金老的妻子前几年去世。如同小说中的昂代斯玛先生，现在的他只剩下一套房产、一张丰厚的存折，以及无聊的生活。

"我还是喜欢书。但现在已经没多少精力去读一本新书了。所以我才想读读以前的书。就像加拿大的那位钢琴家格伦·古尔德。他说，他弹同一首曲子从未录制过两次，并且以此为傲。不过巴赫的《哥德堡变奏曲》他却录了两次。一次是他刚崭露头角的时候，另一次是他临终前。这两张唱片我都收藏了。哎哟，我又扯远了。谢谢你让我和瓦莱莉重逢。这次重新读这本书，我可能会把注意力放在昂代斯玛先生身上更多一些。如今我也到了他的年纪，也像小说中的他那样，只怕时日不多了。不过我这个人还是很守约的。书里的建筑商阿尔克说他 4 点 15 分到，但太阳下山了他都没出现。我今天可是准时到的，不是吗？"

"是的，没错呢。您正好准点来的。谢谢您今天给我讲的故事。这故事总有一天会和其他人的故事一起编成书出版。到时候您可以拿给孩子们看看，我想他们应该也会喜欢的吧？"

金老摇了摇头，拿起桌上的书准备起身。

"他们不会看的。我说的话他们从来就没有听进去过。哎，这也是我的过错。等以后有机会我再和你聊这些吧。等以后有机会……"

金老留下几句话便走了。我后来想了好一阵也不知其意。

两年后的某天，我收到一条讣告短信，才知道今后再也等不到和金老见面的机会了。短信应该是殡葬公司通过死者手机通信录储存的号码群发的。那晚我穿一身黑色正装去了金老的葬礼。虽说他生前已从职位上退了下来，但毕竟事业做得大，前来吊唁的人不在少数。金老的子女好似非常忙碌，于是我简单向其致哀之后便也离开了。

时间大约过了两个月，我接到一通电话，是金老的二儿子打来的。

"其实也没别的事，主要是想整理一下父亲读过的书。我看他钱包里有你的名片，就打给你了。你能过来一趟吗？"

"行，我去一趟。您父亲几年前来书店找过我，当时他托我帮他找本书。"

"噢，是吗？抱歉，我这会儿要处理点工作。我把地址发你手机上，你照地址过来就行。"

他那心不在焉的腔调哪像有工作要处理，分明就是嫌麻烦，懒得多说，想赶紧找个借口挂电话。我被他的态度冒犯，却也无可奈何，只好让他把地址发给我，便不再多言，匆匆挂了电话。

金老的房子是一幢两层的独栋住宅，房子虽老，但建造精良。院子里的树木和花草想必是他生前精心呵护过的。进入室内，映入眼帘的是客厅里的三个大书架。客厅一侧还有间小房间，里面也有些书。这间房一定是金老用作书房的地方。书总共五百本上下。打电话联系我的二儿子和他的妻子就坐在客厅。

"书都在客厅和小房间里。这房子现在归我们了。我们想在这里装台电视，要不，你连书带书柜一起收了？"

这二儿子本人的声音比在电话里听着更令人生厌，不过看在金老的分上，我且听其自然。

"书架我要了也没用。您还是去居民中心申请'大型废弃物处理'的贴纸，贴好之后把书架放家门口吧。"

"这我知道。可这里好几个书架，贴纸钱也不便宜的。"

他那张嘴怎能如此刻薄，我极力地忍耐着破口大骂的冲动。客厅里有三个书架，小房间就一个，处理费用拢共不过两三万韩元。他继承着父亲的房产，竟舍不得这点钱。我实在气恼，表示会处理好书架，旁的一个字也没多说，转身就走了。后来那些书架还是我去居民中心交好处理费用，贴好贴纸。

回到书店后，我开始整理金老留下的书，其中有两年前我为他找来的《现代世界文学全集2》。从杜拉斯那一部分的纸张磨耗情况来看，金老后来应该读了不止一遍。而且书里还夹着一张卡片式老花镜，读书时用来放大字体，不读时也可以当书签用。

这小说的结尾有一个场景，昂代斯玛先生听到瓦莱莉和一个已婚男人的闲言闲语，可他的内心却无所动摇。因为瓦莱莉是他仅留在这世上的唯一的爱。金老也爱着他的孩子们吗？这谁又能知道呢？

每当我看到留在书架上卖不出去的杜拉斯的书就总会想起金老。不过我脑海中的金老并非他年过古稀的样子，而是他高中时代的样子。我曾听说人死之后会回到他最幸福的年代，在那里过上新的生活。说不定他已经回到高中时代，正和瓦莱莉在南法的某个地方享受生活，别墅露台，和风温暖。

冒险仍在继续

《冒险小说》
杰克・伦敦著，曹爱利译
大众出版社，1992 年版

　　金光石还在世时，我曾去大学路的小剧院看过几次他的演唱会。他的歌声悠扬自不必说，而且他还会在歌曲的间隙和听众聊天。他轻声细语几句话，常常引得台下笑声一片。

　　有次他唱完一首歌之后，意味深长地说："有人说，歌手的人生会像他唱过的歌词。所以接下来我要唱的这首歌，其实已经很久没唱过了。"台下的人静静地等着，看他会唱哪一首。但人群中已经隐隐有人笑出声来。结果金光石说："这首歌就是，《在街上》。"说完他自己笑了起来，同时也逗得台下观众哄堂大笑。不过熟悉的人都知道，这是他的老戏码了。

我坐在观众席边听着歌，边天马行空地想象：如果艺术作品的命运也能被预示，那么书的命运会如何？如果一本书的命运由书名来决定，那么作家和编辑在创作和出版时，恐怕心思会复杂得多。

不过我还真经手过一本这样神奇的书，书名叫《冒险小说》，是美国作家杰克·伦敦的小说集，收录了他的代表作《野性的呼唤》，和另一篇作品《大路》。其中《大路》是作者回忆自己于微末之时写的故事，包括坐火车如何逃票、如何上门讨饭，这些场景都写得非常真实。

梁先生委托我找一本名叫《冒险小说》的书，他说他最近身体不大方便，希望我能过府一叙。若早知道寻找这本书的过程会如此曲折，说不定一开始我就不会应下这桩事，不过这都是后话了。谁能料想，找《冒险小说》就真要冒险呢？

梁是一名建筑工人，不久前在医院被诊断出患有急性腰椎间盘突出，接受治疗后一直在家休养。他之所以抱恙，一是因为工地上的工作辛苦，二是因为父亲一个月前去世，哀思过重。

"我父亲有慢性病，从几年前开始身体就不好，但没想到这么快就走了。我很尊敬他，他在世的时候活得很自由。"

我问梁为什么想找这本书，他却开始说他父亲的事，然后默默闭上眼睛。完蛋！按照以往经验，如果委托人一开始就说双亲的事，还闭上眼睛，这意味着我一时半会儿走不了，没办法收工了。我正了正坐姿，打算坐得舒服一点，同时尽量掩藏好自己的神色。

"我父亲很注重个人自由。但他从来不把这话挂在嘴上，不过他一直都是这么过来的，活得无拘无束。而且他也是这么教我们兄弟俩的。我上面有个哥哥，我那哥哥就看不惯我爸。他那人看钱，觉得有钱就是有生活。我和他是亲兄弟，但除了长相之外，没有一处像的地方。您待会儿见到他就知道了……"

"您和您哥哥住一起吗？"我有些震惊。梁躺在床上，不自然地侧了侧身子。

"抱歉，我有些前言不搭后语，应该先组织好语言的。我哥和我嫂子就住这附近。我想要的书就在他们家。说来也丢人，其实我是想麻烦您上他们家帮我把书要过来。"

他行动不便，需要卧床静养，但他哥哥就住附近，取本书而已，为何还要托付于我？这事有蹊跷。

"我父亲说：'人活着的时候不留下遗憾，比死后留下遗产更有价值。'所以他在世的时候都尽量不让自己留下痕迹。不过他还是留了些遗产，一套不大的房子和他平时看的书。书大概一千本，但我哥商都没跟我商量，就把

131

书都拿走了。我说："你想要就都拿走吧！爸都走了，我要遗产有什么用？我只想拿回爸书房里的那本杰克·伦敦的《冒险小说》。那书是我高中的时候爸送我的，书上还有他写给我的话。'但我哥说他死活都不会给我。所以我才想拜托您帮忙。我也知道这事为难，实在抱歉，而且又是家里的私事。"

我理了理事情的来龙去脉："原来是这么回事。您不需要道歉。不过您自己找他要，他都不给，换我去不也一样吗？"

他忽然把声音压得很低，说："所以我打算布个局。他这人不读书的，家里一千多本书，放着都嫌碍事。所以我待会儿把他的电话号码给您，您给他打个电话，就说高价收旧书，他肯定二话不说就会答应。总之费用多少都归我出，拿来的书都归您，那里面很多书都不便宜。反正我只要父亲留过字的那本杰克·伦敦的书就行了。那是我父亲留下的唯一痕迹。"

梁的声音颤抖得厉害，眼角的泪水已经快挂不住，哀求着我帮忙。此情此景摆在眼前，我想没人能狠下心来拒绝。而且这事虽不好办，但如果进展顺利，我也有不少好处，所以没有理由拒绝。不过前提是事情进展顺利。

我和梁商量好布局的细节就回到了书店。没有拖泥带水，我直接就给梁的哥哥打了电话说收书的事。电话号码是梁事先告诉我的，我简单说明来电意图，梁的哥哥果然没有起疑。

"我看葬礼那天您忙得不可开交，可能不记得了吧。当时您还给我递了张名片，让我一个月之后再联系您，所以今天给您打来了。那天和您提过的，老人家留下的书能让我来收吗？价格方面，您就开个价，我尽量收。"

梁的哥哥犹疑了一会儿，说："葬礼那天我们见过吗？无所谓吧，平时生意上往来的人本来就多。我当时应该是随口说的。不过呢，不好意思，书已经都处理了，开完追悼会没几天就都拉去废品站了。"他说起话来阴阳怪气，听着像个无赖，同时还透着一股贪婪的气息。事已至此，再和他交涉已经毫无意义，于是我只好找他要了废品站的联系方式，便也不多说什么了。

梁万万没想到他哥哥会把书拉去废品站，这一通布局下来毫无所得。如今还能跟进的，就只有废品站，无论如何都得去废品站看看。书拉去废品站已有两个星期，即便跑一趟也不大可能找得到。不过救命稻草就在眼前，哪有放着不抓的道理，还是去瞧瞧吧。

"大概两个星期前从一户人家里拉了堆书过来。我记得！那人还催着我们赶紧拉走，说堆得家里乱七八糟的。结果过去之后，开口就高价，把书当垃圾，简直掉钱眼里，一副讨人嫌的样子。不过那些书已经不在这儿了。我这里每个星期都有废纸厂的人来拉纸。其中有些书已经被别的二手书店老板收走，还有些老书，基本上都拉去废纸厂了。"

真狼狈。如果那本《冒险小说》被拉去废纸厂，那就直接"完事大吉"。不过还有最后一线希望。我找废品站老板要了那家二手书店的电话，希望能在他们收走书中找到那本《冒险小说》。幸好那家书店就在清溪川，而且老板也记得当时收来的书是哪一批。

"这一批收了差不多三百本，就是门口这一堆，我找找吧。杰克·伦敦？《冒险小说》，我记得最近没卖过啊，那天拉来的书都在这儿了。欸，怎么没有呢？"

书店老板帮我找了一轮，并未找到什么杰克·伦敦。而我也在他店里找了一圈，以防遗漏。不过都是徒然，书只怕已经在废纸厂了。我瞬间泄了气。虽说遗憾，但不得不宣告冒险结束。

第二天我去找梁先生，把此间经历告知于他。他得知父亲留下的唯一痕迹已经永远消失于世，感到十分失望。我一无所获，怅然回了书店。

几天后我接到一通电话，电话那头传来一则意外的消息，不禁让我的心跳又重新开始加速。电话是废品站的老板打来的，我挂上电话直奔废品站。不过到达之后，老板身边多了一名少年。

"这是我孙子，今年刚上中学，学校就在这附近，双门中学。"老板对那少年说，"你来说吧，书是你拿了吧？是那本书没错吧？"

这废品站老板的孙子喜欢看书，读小学时就常来爷爷的废品站找书看，若碰上喜欢的书，还会拿上几本带走，他爷爷也不以为意。不久前，废品站老板提起我来找书之事，结果他孙子刚好有印象。"我看那书名有趣，就想拿来读一读，而且书里还有插画，挺有意思的。"

"那书你还留着吗？能给叔叔看看吗？"我心脏都快跳出来了。

"书不在我这儿，我捐给学校图书馆了。平常有什么好看的书，我看完就会放去学校图书馆。同学们也可以一起看。我读小学的时候就经常这么捐。"少年耸了耸肩，笑着说道。

事到如今还有什么好说的，必须马上去一趟双门中学。有句话叫柳暗花明又一村，这话是谁说的来着？

第二天我打电话到双门中学，抱着最后一线希望，但愿能在那儿找回那本《冒险小说》。校图书馆的老师已帮我确认过，那本书里的确有梁的父亲留下的笔迹。我原以为马上就要告捷，却不承想前方是一道天大的难关。

"您说的情况我知道了，不过没办法，这本书不能出给您。书我们已经入库登记为图书馆藏书了。但也不是完全没办法。如果您能找到一本一模一样的书来替换，也是可以的。不过得在两周之内。两周之后我们这边贴上书标，盖上图书馆的藏书章，就再没办法了。"

我只能安慰自己这是不幸中的万幸。可一本三十多年前出版的绝版书，怎么可能在两周内找到？其实杰克·伦敦的书后来出了不少韩文版，但偏就没有这本《冒险小说》。不得已，我只能硬着头皮去找另一本三十年前的书。找书通常要靠运气，有时三下五除二就能找到，不过基本不可能在两周内搞定。

罢了，尽人事吧。而且我相信书和人之间有着某种联系，如果这本书注定要承载梁家父子之间的缘分，两周时间也不是不可能。

那天晚上我联系了东庙和清溪川片区所有认识的旧书店老板，拜托同人们帮忙打探消息，无论是大田、大邱，还是釜山，只要书能找到，距离远近都不是问题。我每天不厌其烦地向他们确认找书的事有无进展。至于那些不做线上生意的书店，我就直接按地址找过去，扒开满是灰尘的书堆翻找。

书找到了，不过既不在旧书店，也不在废品站，而是一个我完全没有料到的地方。双门中学的校图书馆老师听闻我找书的缘由觉得颇为有趣，于是在学校就餐时将我找书的前因后果说与其他老师听。不料同桌的老师刚好有一本一模一样的《冒险小说》。那位老师从前就喜欢杰克·伦敦，收藏了他许多作品。

"他很爽快就答应把书捐给校图书馆了。实在是太好了。而且书能找回它原来的位置，我也挺高兴的。"

校图书馆老师的声音从电话那头传来，显得很兴奋。我如同找回遗失的宝物，一连说了好几声谢谢，然后马上将消息告诉梁先生。

第二天我去学校拿书，接着去了梁家。我把这一连串的经历说与他听，他紧紧握着我的手，又是抱歉又是感谢。我拿出书说："赶紧看看是不是这一本。"梁把书翻开，扉页上写着父亲留给他的话。

"世界是你的，任谁也无法夺走你的人生；生活也是你的，尽情地享有吧！"梁一边用手指触着字迹，一边小声读着。

我简单向他告辞，正起身要走。他却把我叫住，从床底拿出一个白色信封塞给我。

"这部小说记录了杰克·伦敦在写书之前还是流浪汉时期的故事。他说：'善于乞讨也是一种能力，因此得到相应的回报也不需要感到惭愧。'您为了一本书不惜如此冒险，我反而惭愧，只能予以这种程度的回报。"

我来回推拒了好几次，但梁异常坚决，于是我只好收下信封，揣着回了书店。那信封里装着一笔数目不小的钱，估计是梁一开始为了从他哥哥那儿收书而准备的。

然而我却翻来覆去地思考一个问题：这钱收得正当吗？我的确为了找书到处奔走，可书并不是我找到的，我不过是运气好，算不上什么功劳。其实对于我来说，只要和书有关的故事足够精彩，这回报就已经足够丰厚。之前如此，今后也是如此。

　　几天后我又去了一趟废品站，以梁的名义给废品站老板的孙子送去了一套学习用具、新书包，和一双运动鞋。并将剩下的钱装进信封，交给了双门中学那位捐书的老师，称是委托人梁先生的谢礼。

　　至此，这次的冒险活动宣告圆满结束。我的心里也松了口气。不过以后还会有比这更有趣的冒险吗？谁知道呢！然而只要世上还有人找书，冒险就仍会继续。

第三篇　奇谭

那些奇妙的客人

六六六

《凶兆》

大卫·斯勒茨著，郑英一译

英一文化社，1976年初版

据说有些书带着一股邪气。千万别以为这是欧洲中世纪的事。其实至今都有人认为书会影响人的运势，持有什么样的书，就会沾染上什么样的气运。我接下来要说的故事和一本名叫《凶兆》的书有关，是真人真事。建议"火焰低"的人直接跳过这一篇。

小薛是一名独立歌手，平时还兼职做服装模特，是我店里的熟客。说起小薛，我认识他已经十年了。当时正值春天，他说他想在书店一角的小舞台表演自弹自唱，于是拿出一把旧吉他，唱了一首戴米恩·莱斯的歌，接着又唱了两首他自己写的歌。他的歌唱得不错，不过重点是他身材修长，加上颇具异国风情的长相，站在台上很讨喜。所以我决定让他在书店的文化活动"深夜书店"中表演。

不过小薛总是很在意他的外貌。而我也似乎在哪儿见过他的长相，感觉很熟悉，像是好莱坞世界中的某个人。虽说随便在路上遇见一个长得像好莱坞明星的人也太过离谱，但他的确有那个范儿。我想了半天，终于想起在某部电影中见过。对，约翰尼·德普！小薛长得像约翰尼·德普。这么一说，小薛平日里的衣着打扮也有些约翰尼·德普的风格，一顶旧的软呢帽，加上一些丁零当啷的配饰。

作为一名艺术家，他对精神世界也颇感兴趣。他一直认为自己有美洲印第安人血统。起初我以为他只是说说罢了，但熟悉之后发现他是认真的。前几年他去了趟美国，和一个印第安部族的人结了兄弟，还为此在当地举行了一场巫术仪式。小薛从美国回来后给我看他和巫师的照片，差点没把我惊呆。他对印第安的信仰可不是闹着玩的！

他坚信印第安的英灵会保佑他，并且指引他走向对的路。小薛弄完仪式后开始在美国旅行，出发还没几天，就在途中遇到一名精神病患者持枪在一家餐厅无差别射击路人。那场面触目惊心，就连韩国也有报道。不过幸好他当时不在案发现场，而是将食物打包好，和同伴在附近的户外空地就餐。若按原计划在餐厅堂食，只怕就吃到枪子了。

小薛手里拿着三明治和咖啡，听到不远处传来枪声，有惊无险地躲过了这一劫。

许是这事太过玄乎，小薛也变得越来越相信灵魂和心灵现象。有天他来店里买了一本《凶兆》。这原是一部颇为有名的电影，小说版由美国作家大卫·斯勒茨执笔，其韩文初版发行于1976年。该电影在韩国相当叫座，所以书和电影几乎同时上线。

"夏天就适合读恐怖小说。"我把《凶兆》拿给他，又向他推荐了另一本，"《巫堂》和《凶兆》同一时期出的，也是一部电影的原作小说。"

"《巫堂》？韩国作家写的吗？'恶魔驱逐者'？感觉很惊悚啊！"小薛看着副标题上的几个字，缩着肩膀说道。

"不是，《巫堂》的电影版是《驱魔者》，'巫堂'只是韩文译名。其实书的原名也叫'驱魔者'。这书要是再晚点儿出，译为'退魔师'可能更合适一些，只是这个叫法当时还不流行，所以副标题上加了个'恶魔驱逐者'。不过也对，'恶魔驱逐者'比'退魔师'更惊悚些。"

"有意思，这么有名的两部恐怖片竟然是差不多时候上映的。"

"美国60年代经历了所谓的嬉皮士一代，到70年代进入了一个大的经济增长期。人们跟不上现代化的浪潮，反而开始对原始世界和心灵现象感兴趣，并且对其产生的恐惧也随之增加。斯皮尔伯格导演的《大白鲨》也是那个年代上映的。这部电影的韩文版小说也翻译得很有意思，叫《大口》。"

"《大口》？这名字有点滑稽啊，但又很微妙。大白鲨的血盆大口！哈哈。"

我们坐在空调房里随意地聊着，以缓解盛夏的炎热。小薛说他对恶魔本身更感兴趣，驱魔人的故事倒是一般，于是选了《凶兆》。再加上一些别的书，当天在我这儿一共花了六万韩元。然而怪事来了。

几天后，一位男性客人推门进书店。书店有两道门，入口处的玻璃门上挂了门铃，推门就会响，进来后还要过一扇木门才能进入店内。不过直到这人来到我跟前，我都没有意识到任何动静，也不知他是怎么进来的。我当时正坐在书桌前敲电脑，抬头一见多个人，着实吓了一跳。他悄无声息地到我面前，一句话也没说。而且这人长得也像某个演员，长脸，脸上的线条也粗，粗得像用毛笔画过，眼角和嘴角的皱纹如刀刻一般。不过这次我很快就联想起他长得像谁，演员安圣基，简直一个模子里刻出来的。

他的口气像是在给我交代任务："把你这儿的《凶兆》初版给我拿一本。"我心里一惊。他的声音低沉，几乎感受不到任何情绪。一道这样的声音过来找你要一本写恶魔的恐怖小说，我估计任谁都会有些害怕。

我告诉他，店里刚好有这本书，不过可惜，前不久卖出去了。他说自己今年六十岁，刚退休，想找些书来读，当作消遣。可他一副冷脸，我也看不出他什么情绪。

"您方便留个姓名和手机号吗？如果下次进了这本书，我再联系您。"

我拿出纸笔递给他，他一言不发，在纸上写了一串字。我拿过纸来一看，纸上只写了一串数字，并没有留下姓名。不过有些来找书的客人并不想透露自己的姓名。他走之后，我在那串数字的上方写下了"安圣基"三个字。

又过了几天，小薛打电话给我分享他的好消息。他说有个服装设计公司要做一个大卫·鲍伊系列，想请他当模特。接着又有网络服装公司的人找他在时尚网络杂志上拍大片。我一时疑虑，心想：怎么突然有这么多好事接连而来？

不过更让我在意的，是他从国外的手抄本作家那儿买了一本"恶魔写的书"。难不成真有这种书？还是说，他之前买走的那本《凶兆》看得太过投入，把脑子给看坏了？

"其实不是恶魔'写'的，而是电影《第九道门》里面的一本书。我不是喜欢约翰尼·德普吗？他在里面演了一个古书鉴定师。那部电影说的是从 17 世纪开始就流传着一部'恶魔写的书'，约翰尼·德普从一个富豪那儿得了一大笔资助，想要鉴定这部书的真伪。"

其实约翰尼·德普的任务是鉴定一部名为《幽暗王国

和九道门》的书。这部书世上仅存三本，其中两本是仿本，制作得相当精巧，只有一本是真迹。传说这部书由恶魔路西法亲手著写，持书人若原封不动地念出书中咒语，就会获得永生不死的力量。那富豪不外乎觊觎长生不老，于是花大价钱委托约翰尼·德普。

"不久前我在网上聊天认识了一个制作手抄本的艺术家，那人说他可以复刻这本书，当工艺品出售。我特别喜欢《第九道门》里的约翰尼·德普的角色，就下单让他帮我做了。因为是手工制作，所以要些时间，不过应该很快就会到。好期待啊！"

有时艺术家的精神世界也太过冷门。居然真有人手工复刻一本电影世界中的书，而且这书还不存在于现实世界，关键是竟然还有人买。真是林子大了什么鸟都有。

我想着想着，心里悚然一惊，一股凉意忽地弥漫在我周围。这感觉像是脑海中有几块拼图，原本零零散散，拼起来却成了一幅诡异的形状。

首先，第一块拼图是小薛买《凶兆》当天的结算金额为六万韩元。第二块拼图是那位客人来买同一本书，算算日子，这中间正好相隔六天。我感觉有些瘆得慌，于是赶紧找出那位客人的联系方式，背脊一阵发凉。他留下的电话号码好巧不巧，正好有三个"6"。也就是说，小薛花六万韩元买走书的第六天，一位六十岁的客人来买同一本书，这位客人还长得像安圣基①。而且他留下的电话号码中有三个"6"。那不就是《凶兆》中代表恶魔的数字"666"吗！

然而事情还没结束。我抱着尝试的心理拿起电话拨给那位长得像安圣基的客人。电话那头传来一阵没有灵魂的机械声："您拨打的号码是空号……"冰冰冷冷。瞬间，我的手臂开始抑制不住地发抖，连人都不自觉地站了起来，面对如此毛骨悚然的情况，就差喊出声来。

这么说来，小薛最近好事不断，是否也来自《凶兆》中恶魔的力量？就像和恶魔进行灵魂交易的浮士德那样，难不成小薛也……

我等着小薛再来店里，跟他说了"安圣基"和"666"的事，并且问他最近诸事顺意是否与此有关。

"我也不大清楚。不过自从去美国办了那场印第安巫术仪式后，的确常有好事发生。上次说过的躲开枪击事件也是，而且回到韩国后，突然接到很多试衣模特的邀约。现在就连做本职工作，当歌手的时间都快匀不出来了。"

不过也是，小薛最近因为模特的工作太忙，连书店的演出都排不上。其实我想问他是否相信真有恶魔之力的书存在。

---

① 韩国版的《驱魔者》其电影名为《退魔录》，演员安圣基在其中饰演与恶灵搏斗的朴神父。——译者注

"那本《凶兆》还在你手上吧？你觉得是那本书带给你的气运吗？"

"那当然。我把《凶兆》和不久前收到的那本路西法的书《幽暗王国和九道门》放在一起，在书架上摆得板板正正。其实倒也不是相信恶魔的力量，但不管怎样，我觉得那些书对我有用。而且我还和一个印第安人结了兄弟，举行了仪式，我相信他们的灵魂在为我做的事注入力量。"

"好险好险。不过万中有一，我还是希望别像小说那样，弄出个什么和恶魔交易灵魂的事。自从上次那事之后，我感觉有点不好。"

"这点倒不用担心，我可是受过洗礼的天主教徒，而且周末还会去教堂做义工呢，哈哈。"

如今盛暑已过，早晚凉风习习。《凶兆》之事已过去数年，这位酷似安圣基的客人再也没有来过书店。我想重新收一本《凶兆》之后再联系他，不过我一不知他的联系方式，二不知他姓甚名谁，只好等他再次光顾。他究竟是什么身份？

最近小薛参加了一个竞争相当激烈的电视广告试镜，不过他却突出重围，成功被录用。听说那广告以宇宙为场景，拍摄的主题是银河。说巧也巧，他之前拍了大卫·鲍伊系列，而大卫·鲍伊的歌又正好是电影《银河护卫队》的插曲。谁能料想"银河"还能以这样的方式连成一条线……

"银河"试镜将小薛引向了另一条路。他试镜被录用，是因为广告导演是美国人。试镜时，小薛所展示的演技固然不错，但最关键的还是他曾有过国外的生活经验，而这样的经验在试镜的自我介绍环节中成为他独有的亲和力。从那之后，小薛又陆续几次收到了外国广告公司的邀约。他偶尔会联系我，和我聊聊自己的近况。他一时说自己和什么公司签了约，一时又说从模特公司那儿接到了工作。总之，他一说起来就很兴奋。

　　这一切是如何交织在小薛身上的，仍旧是个谜。有些书蕴含着巨大的力量，光是持有这样的书就能分享它的气运。不过这种书只会对那些相信神秘力量的人起作用。

何时若再相见

《放浪》
赫尔曼·黑塞著，洪京镐译
汎友社，1985年版

我在旧书店工作之前对日本很感兴趣。但我感兴趣的原因只有一个，书。据说日本人务实，勤劳，爱读书。真的吗？韩国和日本仅一海之隔，却是 OECD 中最不读书的国家。日本到底是个什么样的地方，怎么就成了"读书强国"呢？所以我决定总有一天要去日本，亲眼看看这个国家。

不过等我真到了日本，大部分的时间却都花在购物和观光之上。东京可真是个好地方，商店里摆了那么多在韩国很难买到的稀奇古怪的玩意儿。迄今为止我已经去过东京很多次，但每次都收不住。

我心里想得好好的，到了日本要去寻访人家的读书文化，但一下飞机，眼睛左一溜右一转，原本的计划就完全抛诸脑后。从抵达羽田机场的那一瞬间就开始盘算着回程时想去免税店买的东西，还暗自沉浸在这种亢奋之中。每每如此，我都觉得自己没救了。但问题是这样的反省和自责也只是暂时。我一坐上通往市中心的单轨磁浮列车，目光就无法从窗外飞速而过的风景中移开，同时，脑子里也在飞速地整理着购物清单，好不忙碌。

　　后来有一件小事改变了我的这种旅行方式。与其说是件小事，倒不如说其实连一件"事"都算不上。那是几年前的一个秋天，我计划在东京停留一周左右。

　　我和往常一样，整个行程排得很紧。出国旅行，时间就是金钱。想在有限的时间内尽量多去几个地方，就要考虑路线的高效性。我当时规划路线的一条基本准则就是"在一个地方停留不超过三十分钟"。

　　我先坐电车在上野站下车，径直朝上野公园的方向走，在公园稍转转，就直接走到公园另一头的上野动物园，那里是日本第一座现代动物园。再从公园的另一条路往电车站的方向折回，去东京国立西洋美术馆观看展览。然后再步行前往日暮里站，去看那条著名的猫街。我一边在上野公园漫步，微风拂面，一边忍不住在心里夸赞自己规划的路线，真是滴水不漏。

上野公园很宽敞，周围建有各种城市基础设施，其中还有垒球场。垒球和棒球差不多，但有一项规则不同，即投手只能用下手臂运动投球。那天正好有个队在打练习赛。我第一次看垒球比赛，所以决定在那儿看看再走。

为安全起见，赛场四周装了绿色的防护网。不过周围设了几张长椅，供人坐着观赛。长椅上已经坐了不少人，我站在一旁看球。不远处一位年纪稍长的男士过来坐在长椅的一侧。其实我也打算坐在那张长椅上，但又怕坐得太近失礼于人，便绕去长椅的另一侧。这人似乎非常专注比赛，觉察我贸然靠近，他却还是一直看着前方。这位男士五十岁左右，穿着一套刚好合身又稍显宽松的西服，戴着一顶修整得很好的中折帽，脸上的墨镜正好遮挡住秋天的阳光。刚好我也戴了墨镜，两个戴墨镜的人坐在长椅的两侧，在旁人看来应该是个有趣的画面。

可直到我俯身准备坐下，他才意识到我，朝我这边看了一眼。我用日语说了句"你好"，并轻轻点头施礼，向他致意。他也向我回以默礼，但没有开口说话。许是我的外国腔太尴尬，他很快就把头转向赛场。

自此之后他就一直在那儿看垒球，不言不语，寂然不动。他是垒球迷吗？还是他的子女在场中参赛？我观看了会儿比赛，不知不觉已经过了三十分钟。按计划我该动身去动物园，于是起身向他简单行了个默礼便离开了。

我按之前规划好的路线去了动物园，又在美术馆看了许久，这一来一回已然没剩多少时间，以至于接下来去日暮里的行程会很紧，所以加快了行走的步伐。我从上野公园出来时，垒球比赛已经结束，绿色的防护网内空无一人，却看见刚才那位男士还坐在长椅上。虽然隔得有些远，但我确定就是刚才那个人。他到底坐在那儿干什么？难道他不是去看垒球的？

　　这就是那天发生的事。其实说来也算不上什么事，但怪就怪在那位男士时常出现在我的脑海，挥之不去。即便旅行归来，我偶尔还是会想起那天的场景。不过时间一点点过去，这事的记忆也就淡了。这无非是件琐碎得不能再琐碎的小事，若无其他，恐怕很快就会忘得一干二净，再也想不起来。

　　但生活仍在继续，几年后我开了间旧书店，打理书店之余还会帮客人找一找有故事的绝版书。有天，我和一位客人约好在书店见面。我特地找了身干净得体的衣服，准备迎接他给我带来的书的故事，心里激动不已。

　　来人是一位体格相当健康的男士。他不但年纪比我大，就连身材也比我高大许多，而且身体结实，如运动员一般。若非他开门进来时拄着一根盲人手杖，我想，任谁也看不出来他眼睛不方便。

　　这位裴先生说他失明已有十年。不过在此之前，他自称过着游牧民一般的生活，世界各地几乎都去遍了。他说话时有一种广阔的胸腔共鸣，声音听上去很豁达。

"这就叫犯了'驿马煞'吧 [①]？反正有这么个说法。我读小学时，放学就很少直接回家，所以我妈妈总是到处找我。后来高中的时候干脆到处去穷游了。"

裴的家境一般，所以进大学之后很快就在学校附近找了家书店开始打工。他本以为守着书店会坐不住，但真做起事来，却发现店里有不少工作都能活动开身体，反而挺满意这份工作。书店老板也很欣赏裴，身强力壮，孔武有力。老板常称赞他说："来书店找工作的人大多只是喜欢读书的人，可惜身板儿差，一般做不了多久。不过幸好碰见了个有力气的。"没过多久，裴就熟悉了书店的工作。有时老板甚至会把书店托付给他，自己出去办事，一连好几个小时都不回来。

在书店打工的生活倒也平常，只是裴喜欢上了一位经常来书店光顾的女学生。两人虽未正式交往，但相互之间的眼神交流已经有了微妙的变化。有一天，那女学生给裴送了一本书。而裴就是来委托我找那本书的。

"起初我觉得有点儿怪，给书店打工的人送书。那书

[①] 驿马煞是四柱八字中的一种说法。在韩国，一般将驿马煞理解为无法在一个地方安定下来，四处漂泊的一种命运。——译者注

153

是一本文库本，虽说我平时也不是什么读书爱好者，但这种小书读起来应该没什么压力。"

裴将手掌张开，比出书页开合的样子给我看。我猜他是想给我展示一下文库本的大小，但他的手掌太大，比画出来却像一本平装书。我的脑海飞快地闪过一些有趣的事，在本子上写下了"文库本"三个字。

"您收到她的礼物之后，关系有进展吗？"

"很遗憾，事情并没有朝着您所期待的方向发展，哈哈。不过发展的方向更戏剧化了。"

我想当然地以为他会和那个女学生交往，正等着他下结论。可听他这么一说，我倒想看看到底会如何戏剧化。裴读完那本书之后，受到启发，直接从学校退学了。学校劝他先办理休学，但他心不在此，在教室一刻也坐不住了。他认为所谓真正的"大学"是直接感受世界，于是他将这种激昂的渴望装进行囊，朝着金浦机场出发了。

"书里有一段话，我印象很深刻。不过抱歉，书名已经不记得了。其实原文我也记不清了，大概是说'无论在哪，只要坐在你喜欢的地方冥想，你周围的世界就会与幸福共鸣'。"

这就难办了。仅凭一段大概的话就想找到一本不知道书名的书，可能吗？幸好裴记得这本书的作者，赫尔曼·黑塞。如此，范围就缩小了许多，不过情况依旧不明朗。其实有一个"笨办法"，把赫尔曼·黑塞的书都读一遍。黑塞译成韩文版的作品有十多部，这方法也并非不可行。

从结论来看，"笨办法"操作失败。我花了三个多月的时间，把书店里能买到的赫尔曼·黑塞读了个遍，但还是没找到裴说的那段话。我无奈地摇了摇头。难不成是他记错了作家的名字？如果没记错，那就只有一种可能。裴收到书的那年是1986年，所以只要查那段时间出版的黑塞的书就行。我看很有可能是译著的版权到期，之前出过的书，后来就不再发行了。

我又花了几个月时间查版权，终于还是被我找到了。真可谓是执念的胜利。不过个中滋味只有我自己知道，我要好好表扬自己！谁能明白我一边写着这篇故事，一边想起啃书的那段时间，眼里都是含着泪水的。得益于此，我才把学生时代没读过的黑塞全集反复读了好几遍。

原来他要找的这本书叫《放浪》，不是小说，而是一部散文集。其实这本书在市面上也有韩文版，所以一开始刷黑塞全集时，我也读到了这部作品。裴印象中的那篇文章叫《农家》，但万万没想到后来出版的书中删去了文章的第一段，而这一段刚好就是裴记得的那一段。虽不知为何会被删去，但只有80年代的版本中有这一段。

裴再次来到书店，我把书递给他，说自己读了好几遍黑塞全集才找到他想要的书，还将新译本《农家》一文被删去段落的事也告诉他。裴用双手摸索着那本书，让我将那段话慢慢读给他听。

"你愿坐哪里就坐在哪里，围墙上、岩石上，或树桩上、草地上，或土地上，全都可以。不论你坐在哪里，你周围都是一幅画和一首诗，你周围的世界汇成优美而幸福的清音。"

我还是第一次把这段话读出声来。我听着自己的朗读声有种微妙的感觉，但这种感觉无法言喻。裴一时无话，只将墨镜摘下，把头转向有窗的那一边。

"这边亮一些，应该有扇窗户吧？"他问道。那边确实有扇窗户，不过我在窗前拉了一扇厚重的窗帘，以免阳光直射到书上。我谎称透过窗户能看见窗外有一棵大树。但其实也算不上谎称，因为窗外确实有棵树，只是拉了窗帘，看不见而已。

他沉默良久，我想打破这尴尬的气氛，便问道："您这些年还会像年轻时那样到处走吗？"

"习惯是自己的，别人也拿不走啊。"他笑着说道，"其实走遍世界才知道真正的美不仅是用眼睛看，而是在这里。"他将手轻轻放在胸前。

裴走了。两年后的一个秋天我又去了趟东京。位于千代田区的神保町那儿有一条书街，其中有家书店邀请我周末去参加一场谈书活动。我如往常一般将旅行计划排得密密麻麻。活动在周末，所以我想早点儿过去，打算在工作日的东京市中心悠闲地散散步。

正好，东京的国立西洋美术馆在举行文艺复兴画家的作品展，所以我决定到东京的第一天先去看展。但我到了国立西洋美术馆就想起几年前在上野公园垒球场长椅上见到的那位男士，也不知为何会毫无缘由地想起他。反正去国立西洋美术馆要穿过上野公园，回想起当时的情景，便打算顺路去垒球场看看。那天是工作日，没有比赛，周围一片冷清，就连赛场旁的长椅上也没几个人。

我站在赛场不远处，眼前忽然闪过几帧画面，感觉时空被切割，一阵头昏脑涨，仿佛经历了一场不得了的事。那一瞬间，我看见几年前和我坐在同一张长椅上的男士还在那儿，但定睛一看，长椅上又空无一人。可我分明看见他就坐在那儿，看得清清楚楚。他虽坐着，但我一眼就能分辨出他体格高大健壮，戴着一副琥珀色镜框的黑褐色墨镜，中折帽的围边下露出一些斑白的头发。他不就是之前来书店的裴先生吗？霎时间，我的身体如电流通过一般。他坐在长椅上朝我这边看了一眼，我向他施礼，他向我致意，比赛结束后他还坐在那儿……两个形象渐渐重叠，合为一体。难道我在东京旅行时曾偶遇过裴先生？

如此想来，我不由得心情复杂。那时的我想把一切都捕捉在眼里，像一条出来遛弯的小狗，在东京的各个地方奔走游荡。但有人会一直坐在一个地方，用心来感受这座城市，而非用眼睛。而我，除了感受过一番被国际化大都市淹没的气氛之外，我还带回了什么？无非就是购物袋和里面的商品，旁的一无所有。

我慢慢走向长椅，这次我坐在了裴先生的位置。许是长椅吸收了阳光，我往后一靠，背上暖暖的。我闭上眼睛能感受到微风，风在宽敞的公园里来去自由，带着一股浓浓的树木香。而我从来不曾察觉这无法装入购物袋的风娇日暖。

自那以后我的旅行有了变化。不仅购物减少，就连行程也排得很闲散。我的步伐悠悠，跟着内心向往之地，而非被眼球吸引。我这样放慢脚步，说不定还会遇见裴先生呢。何时若再相见，我想感谢他，是他教会我如何用心去旅行。

谁都没听说过的书

《中南美现代小说集》
博尔赫斯等著，闵镛泰译
文学思想社，1992 年版

客人郭先生让我帮他找一本谁都没听说过的书。我和他聊了几句才发现，原来他比我大好几岁，但他眼神清澈，脸上几乎没有皱纹，看起来至少比同龄人年轻十岁。他的样子让我想起有些小说人物，从某个瞬间就被施下了永不衰老的魔法，给人一种奇妙的印象。

郭听坊间传闻说，只要给我说和书有关的故事，我就会帮忙找书，于是便找到这里来了。不过他也不记得自己想找的书的名字。客人来找书却不记得书名已不是一次两次，如今我也习惯了。尤其是那些小时候读过的书，记不得书名是常事。我问他是否记得书中内容，他顿了一下，说："那本书是一本短篇小说集，我记得其中一篇的内容。"

"那故事写得特别有意思，所以我记得很清楚。"

"可这也不应该啊，故事那么好看，别说书名，您怎么连作家的名字都想不起来了？"我把他刚才提供的信息写在本子上，放下笔问道。

想找一本书，基本上都得先知道书名和作家的名字。有了这两项基本信息才能推测出书的出版社和出版年份。但如果对书的信息一无所知，那简直就是在荆棘地里找根针，上首尔来找姓金的。有时即便知道书中内容，但其中故事并非广为人知，对找书也起不了多大作用。虽说偶尔也会从书中内容发现一些线索，但这种情况毕竟可遇不可求。我是开旧书店的，又不是开侦探事务所。

"可能是我读的时候觉得太有趣，顾不上什么书名和作家名了。那本书不是什么名作，但我觉得真的很好看。您看，我这不就来找您了吗？也就只有您能帮忙找到那本书了。"郭说这话时如孩子一般笑得灿烂。

不过他这话刚好戳进我心里，一时我竟高兴得有些不能自已。那可不是吗？连委托人都不知道书名的书，除了我还有谁能找得到？可不管怎么说，我还是先听听他所谓"特别有意思"的故事内容吧。现在正是需要线索的时候，我得打起精神，一丝都不能放过。

"故事得从一只猫开始说起。"郭一说起书中故事，声音便扬了起来，仿佛早就做好准备，正等着这一刻。

"有个不知名的年轻人正看着一只猫。这年轻人最近犯了点小错误，于是好不容易找到的工作就这样丢了。他家境贫寒，又没有对象。总之，除了年纪轻轻，身体还算健康之外，这年轻人似乎不值一提。他有些心灰意冷，觉得所有的人都比他厉害，比他过得好。就连今天下午在街上看到的那只猫都比他过得舒服。这年轻人无所事事，在那儿看猫看了好几个小时。可猫也不理睬他，顾自在那儿翻身，舔毛，伸懒腰，甚至还打起盹儿来。他看眼前的猫咪这般自在，别提有多羡慕。于是年轻人向神灵祈祷：如果我能重生，就让我变成这只猫。霎时间，奇迹发生了。这年轻人的灵魂进入了猫的身体。也不知是神灵回应了他的祈祷，又或是他在做梦。但无论如何，他已经变成猫了。化身为猫的年轻人在街头游荡，开始用猫的视角观察世界。他先是偷偷溜进了自己曾经工作过的工厂。一开始他还有些紧张，但他发现没人意识到他已经变成一只猫，于是便更加大胆地观察起人类。这年轻人看到了自己的上司。之前他犯错误时，这上司一副恶狠狠的样子，把自己数落得一无是处。怎么这会儿却换了副面孔，尽说些蠢话，捧上面的臭脚？他又去看了工厂的其他人。他原以为那些同事的业务能力非凡，但观察下来发现他们其实和自己也没多大区别。这猫咪青年到处游走，见识了许多光景。他去了市场、学校，还潜入一个革命家的家中。这革命家被人们誉为英雄，可他就在一旁堂而皇之地偷看那革命家的隐秘。这故事的结尾说猫咪青年意识到了一件事：所有人都有不足的一面，人的存在和其他动物一样，甚至和山野间开的花，和守护一方水土的树木一样，没有所谓的特殊性。"

没想到郭将书中内容记得这般清楚，就连故事梗概也描述得生动传神，仿佛刚刚才读完就来向我转述，完全超出了我的预料。故事讲完，他喝了口水润了润喉，笑着说："人类视角观察不到的那些微妙之处，变成猫之后就都看到了。怎么样？有意思吧？"

故事的确有趣，但我也无法单凭故事情节就把书找出来，何况这样的情节我还是第一次听说，此前也不曾在哪本书上读到过。那天，我和郭就猫咪青年的故事以及他对这部作品的看法聊了两个多小时。他离开之后我向周围人打听，看是否有人读过这样一部小说，而且我也在网上搜了搜。

大概过了一个月，郭又来到书店。而且这次他没有预约，直接就来了。我猜他是来询问找书进度。其实说实话，哪怕知道书名和作者的名字，也无法在一个月之内找到一本绝版书，即便偶尔能找到，这种情况也并不多见。然而站在等书人的立场来说，一个月已是相当长的一段时间了。于是我只好坦白说自己还没找到他想要的书，希望他能体谅。

"我不是过来催书的。其实我记起了那本书里的另一篇小说。您现在要是方便，不妨听一听？或许对找书有帮助也说不定啊！"郭用话剧演员般夸张的动作环视书店。店里现在没有客人。不对，其实今天开门后还没来过一个客人。所以我一时也不好拒绝他的提议。

"好啊，知道其中两篇小说的内容，书找到的概率也会大一些。"

"谢谢老板。那我就开始说了。其实这篇故事也很有趣，我怎么上次就没想起来呢？我应该还没到想不起来事的年纪呀！"说着，郭就开始了。只是他说故事的神情比上次更放松，不过这也可能是我的错觉。

故事的主人公是一位作家。这位作家写小说已经很长时间，可他的书卖得并不好，用"惨淡"二字形容也不为过。而且没人知道他是一位作家，甚至连他的父母都不知道自己的儿子在写书。但这位作家以自己的作品为荣。他相信总有一天，如果自己的运气到了，他也能成为塞万提斯或者托尔斯泰那样的名家。总有一天会的，总有一天。然后，这位不知名的作家疯了。就像唐吉诃德因读书入迷而发疯，这位作家写书入迷，终究还是疯了。起初，这位作家开始创作一部轻松的短篇小说，不知何故，他预感这篇小说将成为一部杰作。故事的主角是他自己，而且小说的情节也很简单。故事的主人公，也就是作家自己，应杂志社邀约开始创作一部短篇小说。而小说的主人公是作者本人。作者本人作为小说的主人公开始写小说，他自己作为主人公成了小说中的人物。而且小说的情节也很简单，说的是一个名不见经传的作家以自己为主人公写了一部小说。在小说中，他既是作者本人，又是小说的主人公，同时还是小说中的小说人物，这个人物应杂志社邀约开始创作一部短篇小说，而小说中的小说人物以自己为主人公开始写小说。在小说中，他既是作者本人，又是小说的主人公……

"可以了，我听你说得头都被绕晕了。"我打断了郭的故事。最后，小说的情节是这位作家被困在自己写的小说里，活在一个永无止境的故事之中。

"怎么样？有意思吧？"他上次也说了同样的话。

"有意思。"我回答道。

我突然想到，这有可能是博尔赫斯较为冷门的一部奇幻小说。

"确实有博尔赫斯的感觉，但绝对不是他。"我一提起博尔赫斯，他就朝我摆摆手，说这部小说和博尔赫斯的细节处理方式不一样。不过这小说究竟是谁写的？我看很有可能是 20 世纪 70 年代法国新小说派作家中的某个人。

"我同意您的看法。若说是阿兰·罗布 - 格里耶，或者米歇尔·布托尔都有可能，而且新小说派作家的实验精神可不就是令人咋舌吗？"

小说的话题一起，我们把俄国科幻作家，以及伊塔洛·卡尔维诺、耶日·科辛斯基、罗贝托·波拉尼奥等可能写过这类风格作品的作家都列了一遍。郭的文学素养渊博，尤其对小说领域有相当深入的研究。聊起罗贝托·波拉尼奥的韩文译著时，他一口气列出了六七部作品，如数家珍。读书读到这种程度，竟记不起自己读过的最有趣的书，不过这也无可奈何。那天，郭和我不知聊了多久，但聊来聊去都没聊出什么线索。

其实我已经暗暗期待他下次来书店时，会给我讲什么样的故事，只不过我没把这话说出口。而且我已经隐约猜到了他的来意。

事实证明我的猜测完全正确。果不其然，他又来书店了，而且还是同一套说辞。他说他又突然想起了那本书中的另一篇故事。我也像上次一样简单和他问候，然后拿出本子，给他倒杯水，准备听他说。

"故事的主人公是一名年轻的棒球选手。他加入职业队才两年，作为一个新人选手，正是自己发挥才能的时候。不过他知道自己没有当投手的天赋。努力是一回事，但他的成绩总是卡在中等水平。其实他打棒球也是受了一位传奇投手的影响。那位传奇投手现役时曾拿过十次 MVP，在他所在的国家有极大的声誉，人们即便对棒球不感兴趣，也都知道这位投手。这位投手从二十岁开始一直在役到五十岁，棒球实力和自我管理能力都非常出色。他最后一次拿 MVP 是四十五岁，被誉为永不没落的终结投手。他退役后有很多球队都想请他当教练，甚至连国外的球队都想通过经纪公司聘请他。但他拒绝了所有的邀约，只留下一个永恒的传说。年轻选手得知这位传奇投手从出道开始就一直戴着一只棒球手套。这件事被炒得沸沸扬扬，新闻都报道过好几次。年轻选手想偷偷潜入传奇投手的家中偷走那只手套。他相信这种象征性的物品就像一道灵验的护身符，只要拥有它，自己的棒球实力就会提升。接着，他便开始实施自己的计划。年轻选手的棒球天赋一般，可不承想他连做贼都一般。潜入之后连手套的边儿都没挨上，就被传奇投手发现了。于是年轻选手只得一五一十地从实招来。但传奇投手却告诉他，其实没有什么'出道戴到退役'的手套，那都是为了吸引眼球而故意放的话。因为自己越受到关注，棒球就打得越好。所以传奇投手一直不断地放话吸引眼球，让自己一直受到关注。故事就这样有点荒诞，有点空虚地结束了。"

那天，郭又和我聊小说，一聊就是两个多小时。我虽不讨厌和他聊文学，但如果不尽快帮他把书找到，天知道他还会来找我聊几次。而且他怎么偏偏一个月就想起一篇？这感觉已经不是有些奇怪，而是有些蹊跷了。不过我既答应帮他找书，还是得尽职尽责。于是我一有时间就去各大书店搜罗短篇小说集。

转眼过了快一个月，我隐隐感觉郭差不多该来了。不过他这次并没有直接来书店，而是通过电话联系。他说这段时间给我添了太多麻烦，感到非常抱歉。还说自己突然又想起了那本书的名字。

"书名叫《中南美现代小说集》，闵镛泰教授译的那一版。我之前完全想不起来是哪本书，但和您聊着聊着，忽然又想起来了。哈哈哈，这就很尴尬了。没脸过去找您，所以干脆打电话给您了。"

这感觉就像已经潜入传奇投手的家中，却发现没有传说中的棒球手套。其实这本《中南美现代小说集》的确已经绝版，不过这本书也并非那种下大功夫才能找得到的书。

不出我所料，找书也就花了不到三个星期。然而我拿到书之后翻来翻去也没找到郭给我讲的那些故事，一篇也没有。直到郭来书店取书，他才向我"坦白交代"了他的初衷。原来他之前给我说的故事都是他自己写的小说。他从小就想当作家，所以一直在默默研究这些。

然而他结婚成家之后，离小说家的梦想自然也越来越远。只要提起写小说，他就会被家里人驳得灰头土脸。而我是唯一一个认真听他说上好几个小时小说故事的人，他向我表示感谢。

"可找书的事是真的，我的确想找书。这本《中南美现代小说集》是我最喜欢的一本书。不过很久之前搬家的时候弄丢了，所以想找回来再读一遍。以前读这书的时候我也梦想成为书中的博尔赫斯，或者马尔克斯那样伟大的幻想文学家。而且我到现在都没完全放弃。不对，这个梦想我是不会放弃的。"

每当我想起郭先生都会想到他第一次来店里时的情景。他还在写小说吗？我希望永不衰老的魔法能够伴随着他的作家梦一直持续下去。怀揣着梦想的人总能如孩子一般纯洁地面对生活。

不走运的偷书贼

《伊甸园》
海明威著，金恩国译
时事英语社，1986 年版

人们总以为书店是清雅、安静，有情调的地方。我以前也这么认为，但后来在书店上班，才知道这是一种与现实相去甚远的偏见。书店其实就是现实世界的缩影版，喧闹无比，什么千奇百怪的事都有。若加上还是间旧书店，那就更别说了。旧书店就像一处狭窄的街巷市场，书在这里打开一座无尽的宇宙，而人们带着贪念，想在这座宇宙中寻找闪闪发光的宝藏。曾经有位客人形容书店就像一座装饰精美的乐园地狱。我觉得这话有一定的道理。

别看我这间书店又小又破，但平时扯皮打架的事还真不少。稍微想想，马上就能想起一堆。如果让我从中挑几件印象深刻的，那么无论如何也不能漏了书店遭贼的事。难不成真有人会在书店偷书？那是当然，而且偷书贼比你想象的多得多。

人都做贼了，为什么不去偷钱，或者偷些值钱的玩意，偷什么书呢？其实偷书贼大概有两种动机。一是为了看，二是偷了拿去卖钱。偶尔也有偷书贼想两边都占，偷到手之后先认真看完，再拿去网上卖，或者卖去其他旧书店。

每家书店都有偷书贼，该说他们像蟑螂一样吗？乍看之下风平浪静，但其实暗地里真不少。有书的地方就有偷书贼，这话一点也不为过。这些贼一般会在大型书店、超市的图书区、地铁站的公共图书馆偷书，甚至有些贼会潜入教堂，把圣经偷出来卖。

旧书店尤其容易遭贼。主要是因为很多书已经绝版，但想买的人又多，在一般的书店买不到的书却可以在别的地方高于定价出售。需求量大的绝版书通常可以卖到定价的两三倍，有些书甚至可以卖到十倍，二十倍。有些厉害的偷书贼进了旧书店，只要随便翻翻书架就能认出这种书。

旧书店的偷书贼还有另一个特点，就是熟人作案的多。这些人为了偷那些贵价书，会先成为店里的熟客。他们会经常出现在店里，随便买几本便宜的书，跟老板混个脸熟。等店家放松警惕，再把那些贵价的书偷走。不过在别的地方偷东西的贼也和这差不多，很少有人第一次来店里就下手的。

然而第一次来店里下手的人无非就两种。一是不知天高地厚，想学别人偷东西的，二是经验丰富的老贼。如果两者皆非，那么偷书的人想必是有些故事在身上的。

一年秋天，一位六十多岁的男性客人开门进了书店。这人肩背紧绷，神色慌张，我一眼就瞧出他肯定有问题。一般来书店的客人神情都比较舒畅，基本上都是喜欢读书的人。试想这样的人来书店怎么会一副拧巴的样子？这说不通。而且任谁这副样子来书店，都很有可能在店里搞出事来。于是我淡淡地说了句欢迎光临，然后假装忙别的事，转身用眼角余光仔细地留意着他。

这人似乎并没有固定目标，站在书架前把头凑上去左瞧右看，如同一只小心翼翼的食草动物嗅气味一般。他手指捋着右边的书，眼睛却看向左上方的另一本。

没过多久，我惦记的事发生了。他在小说那一区的书架前停了片刻，然后抽出一本书放进自己的外套内口袋。我瞧得真真切切，不过同时也确定了两件事。首先，这人偷了本书。其次，这人不是贼。如果是贼，那么他把书藏进外套的动作也太不自然了。我估计他自己都意识到了刚才偷书的动作太僵硬。他连着衣服将书夹在腋下，于是行动起来更加怪异，仿佛实验室里的小白鼠被打了一针不明成分的药剂，在书店里左行右转，然后猛地就朝门口跑去。他抓住门把手的瞬间顿了一顿，似乎在犹豫什么。我看着他的脸，汗水已经从他的额头滴到脸颊，再流到下巴。

直到他完全把门打开，我才故意大声且隆重地喊了一句："这位客人！请稍等一下！您要是忘了结账，我这边可以帮您！"

他被我喊得进也不是，退也不是，就像游戏中的人物被糟糕的网速卡在那儿，明明画面已经静止，可身体却一直不停抽搐。他站在门口一声不吭，我走到他跟前，压低声音对他说："有什么问题吗？"

我看他早已汗流满面。他把脸转向我，然后又忽地低下头，轻声自言自语念道："到底是我的运不好。"

"啊？你说什么？"我一惊，忍不住问道。

不过他并没有回答我，而是把书从外套的内口袋掏出，朝我递了过来。书是海明威的《伊甸园》。这书是作者自杀前留下的最后一部小说，韩文版由时事英语社于1986年独家发行。书是绝版书，但价钱并不贵，还不至于冒险来偷。可"运不好"又是什么意思？

我给了他一块手帕，让他擦汗，并建议他进来坐下歇一会儿再走。他也只能乖乖听话，随我回到店内。落座之后，他才为刚才偷书的事向我道歉。

"书的背面写了价格，这本书五千韩元。你没钱买书吗？"

"我有钱。"他拿出钱包给我看。我往里瞥了一眼，只见钱包里面有好几万韩元。

"这就怪了。书又不贵，你偷偷摸摸的是什么意思？"

"我只是想测一下自己的运好不好。"

我在旧书店干了几十年，抓过好几个现行犯，可这样的说辞我还是第一次听说，不免有些惊讶。通常来说，如果偷书被抓了个正着，首先对方是肯定不会承认的。被抓之后死乞白赖地说自己忘了结账的那些贼都算是可爱的。还有些会一直死撑着说书是自己带来的。我凭直觉猜测这人应该有事没说。偷书测运？难道这中年男人和海明威的最后一部作品有什么故事？于是我向他提了个建议。

"书虽然不贵，但偷就是偷。这本书五千韩元，钱你得付。不过我想你肯定有缘由，你把缘由告诉我，偷书的事我就不说了，怎么样？"

他沉默半晌，最终点了点头，坦白道："这本书我找了很多年。"

这人姓张，五十二岁。我原以为他已经六十多岁，但其实他还没到那个岁数，只是样子显老。他的脸上布满皱纹，如刀刻一般，再加上他忧心忡忡，一副愁眉不展的样子，就更显苍老了。

"这世上所有的事都是看运的，你信吗？"张向我问道。

"怎么说呢？有时候信吧。但如果凡事都看运，那么努力和计划就都没有意义了，人活着也会很枯燥的吧？"

"可能每个人不一样。但对我来说，一切都是运。我出生在这个世界是凭的运，现在之所以活着，也只是没走到死运而已。总之我是信这个的。你想想，最初上帝造人的时候自然是有计划的，但对于亚当来说，他能出生在这个世界，那就是运。除此之外还有别的吗？他又不知道上帝的计划。但这就是痛苦的开始。他生活在乐园又有什么意义？如果说亚当被无法消弭的根本痛苦支配，那么伊甸园就与这世上粉饰得最精致的地狱无异。"

我猜不透他想说什么，甚至开始怀疑他是否着了什么邪教的道，连精神都有些异常了。但不知为何，我能感受到他说这番话是认真的。

张说自己的出生是走了好运，能活到现在也算好运，但除此之外一直都在走厄运。他出生在一个贫困家庭，父亲是个酒鬼，母亲在一家破旧的酒馆工作。小学五年级的一件事让他意识到自己是个没运的人。有次，他在学校参加考试，不小心弄掉了铅笔。他起身想把铅笔捡起来，监考老师却大声叫出了他的名字，直接说他舞弊，当着其他同学的面就把他的考卷撕了。那天之后，年幼的张陷入了一种极度惶恐的状态。后来还是因为他妈妈的一句话，让他走出了这种状态。

"那事之后没几天，我妈妈发现我有点异常，于是问我发生了什么事。我把考试当天的事如实说了一遍。我妈妈泄了口气，说：'那是你运气不好啊！'你可能觉得我听了妈妈的话要失望了，但恰恰相反，那一刻，我突然觉得心里特别松泛。原来这事不是我的错，我只是运气不好……"

然而松泛只是暂时，张的思维再度走入了一条幽暗的隧道。其原因是他认为自己根本就没走过运。他顾自回想，把出身贫寒和父母没有能力都归咎于运，觉得自己的生活被厄运支配。他好不容易才复读考上大学，成为大一新生，但厄运却给了他决定性的一击。

张所在的科系有一位很漂亮的女同学。他觉得能和这位女同学在同一间教室听课都是一种幸运。张平时喜欢读书，于是打算在暑假前送一本书给她，向她表白。

"海明威的这本遗作《伊甸园》的韩文版正好就是那个时候出的。我觉得这也是一种幸运的迹象吧。而且我本来就喜欢海明威的作品。那本书里写了男主人公和一位年轻女性在海滨相遇，经历百转千回之后两人终成爱侣的故事。我把我想表达的心意都写在了一张纸上，夹在书中间，打算送给她。结果却彻彻底底地失败了。而且怎么会有这种事？那位女同学看了看我送给她的书，连翻都没想翻开，就说自己不会收。我问她为什么。她说她是佛教徒。书名叫《伊甸园》，所以她以为这本书是写基督教的。我解释说："这书不是写宗教的。"但她指着封面上译者的名字冷冷地说："这不是写着吗？金恩国，《殉教者》的作者[①]。"然后就没有然后了。直到毕业之前，我都没再和她说上话。"

厄运如雨云般跟随，在他走过的每一条路上都留下了阴影。张在校时成绩不好，所以毕业之后就业也难。他去工地搬砖把手臂弄骨折，难得找到一家小公司上班，结果老板半夜跑路，他连工资都没拿到。朋友邀他合伙做点事，让他投钱弄个仓库，好从大物流公司接外包单。他把自己所有的钱凑起来都不够，于是借了私人贷款，把现金给了邀他合伙的那个朋友。他甚至都没怀疑对方当时为什么非要现金。说来也是时运不济。他见那人一连几天都没消息，便打电话联系他。结果那人早已携款潜逃，留给他的联系方式也是个黑号码。

张的人生总能接连不断地遇见这样的不幸、失败、挫折和痛苦。直到现在，他仍旧四处漂泊，辗转于旅店，在

[①] 韩裔美国籍作家金恩国的处女作《殉教者》(The Martyred) 在出版的同时受到了美国文坛和媒体的暴发性关注。该作品在将韩国介绍到美国文坛的过程中产生了很大的影响，金恩国也在 1969 年成为了首位韩裔诺贝尔文学奖候选人。（《东亚日报》，2009 年 6 月 27 日）——译者注

工地上做些零工。这就是他讲述的人生故事。

"有时候我回想这些年过的日子，就会怀念读《伊甸园》的那个时候。那时候为了给喜欢的女生送本书，会满怀心意地写信夹在书里，多么单纯啊。如果时光能倒流，还能重新开始，我真想回到读这本书的时候。不过不可能回得去了。所以我从几年前就开始在旧书店找这本《伊甸园》。我想，如果在哪家店找到这本书，就一定要把它偷出来。如果偷成功了，我就会转运。你一定觉得这很可笑吧。但我也不知道这是哪来的想法。到底是我不走运啊。"

张说完从旧钱包里掏出一张五千韩元的纸币放在我面前，然后默默拿着书起身，绷着肩膀朝门口走去。那步态和他进来书店时差不多。

我总觉得如果让他就这样走了，心中难免会有些不是滋味，于是朝门口喊道："你还记得书里的故事吗？"

他听见我唤他，随即停下脚步，回头对我说："时间太久了，已经记不清了。"

"书里有个场景，大概在第三章的结尾。主人公戴维真心接受他所爱的玛丽塔的那一段，其实那就是运。玛丽塔问戴维是否觉得两人都很幸运，戴维说，是。你把那一段找出来看看吧。"

张把书翻开，想找出我刚才说的那一段。如果我没记错，戴维后来应该说了句话，张或许能从戴维的话语中获取一些安慰。但也有可能是我记错了。不过既然我已经把话说出口，就都交给运吧。张终于在小说快结尾处找到了我说的那一段。

"我想我的运在今天早上，或者就在这一夜之间已经变了。"张把戴维的话念了出来。

我看着他的脸，什么也没说。张把书合上，抬头看向我这边。他慢慢朝我走来，伸出手想和我握手。我们轻轻地握了握手。

"我想起来了。怎么我第一次看的时候就没注意到这一段呢？戴维和玛丽塔经历了种种命运才相互拥有了爱情，但如果他们没经历过那些冒险，也就……"

"如果不是两人的冒险精神通过了命运的考验，他们也实现不了这样的爱情。"我接下张的话说道。他点了点头。

简单道别之后张准备离开。他边开门边朝我说："这本书我找了好几年。我运气好，被我在这找到了。老板，这种书你可以多收点钱的。"

张走了。我站在原地出神地朝着门口看了好一会儿。我把手伸进口袋，摸出他给我的那张五千韩元的纸币，接着打开店里的小钱箱准备把钱放进去。今天的开张生意，五千韩元。我突然发现自己好像看错了什么，再看手里拿着的竟是一张五万韩元的纸币。这两种面值的纸币颜色差不多，难道是他拿错了？我在犹豫是否要追出去，但又想起他离开之前曾对我说"可以多收点钱"。难道他是因为今天偷书的事不好意思，所以连书钱一起，给我贴了这些钱？但后来我没再见过他，所以也无从知晓这钱到底是怎么回事。不过我希望他的运在那天之后的早上，或者就在那一夜之间已经变好。偷书固然不对，但对他来说，这也许是他对自身命运的冒险。总之，我是这么理解的。希望他在我店里经历了这场冒险之后会有更多好运。

东庙大对决

《小偷日记》
让·热内著，方坤译
平民社，1979 年版

秋天可真是读书的好季节！

不过真正懂书的人应该都懂，这话不切实际。秋天天气好，人们都喜欢户外活动。秋高云淡，天清气朗，这样的光景一年到头也没几周，谁不想换件漂亮衣裳去山间田野走走，又有多少人会来一家老气沉沉的书店挑书？

"四季常来的，才叫熟客嘛，不是吗？"吕一边拿着书挑挑选选，一边笑着朝我说道。

今天下午没什么客人，店里有些无聊。在我店里挑书的这人姓吕，不过我并不想管他。他有时会来我这儿转转，但很少买书。我看他年纪应该比我小几岁，也不知他是干什么的。大周五的还能来我这儿逛几个小时，估计也是个不用坐班的。这人言行轻佻，不过对书却懂得不少。

"常来而已，不能叫熟客。不那么常来，可一来就买很多书的才叫熟客。"

我听他的口气似乎又想跟我扯些什么，所以干脆先挖苦他两句，把界限划清楚。不然他一会儿拿着自己那点事儿说个没完，像个天桥底下说书的。

"得有好书才买呀。老板，听说你有间房，专门放自己的珍藏。真有啊？让我见识见识呗？"

"我可从来没说过，你从哪儿听说的？"

我眼睛盯着他，心里却一颤。他背对着我，一张脸仿佛栽进书架。可我一搭理他，他立马就转过头，哧地一笑。

"啊？还真有啊？我刚才只是套个话，没想到真有啊！哈哈哈！"

啧，又被他摆了一道。每回都这样。我看这姓吕的是被熊精狐狸精轮流附了体，鬼主意多，胆子又大，没事瞎闲逛，有事准不是什么好事。

"嗯，反正有也不会给你看，你还是省了这份心吧。"

"其实我也没有很想看。不过店里要是丢了什么值钱的书，那就不知道是不是我顺走的了啊。哈哈哈。开玩笑的啊，开玩笑……"竟拿这种话开玩笑，这人真是看哪儿哪儿都不顺眼。

我和他嘴皮子正斗得火热，这时，预约来访的方先生开门进来了。方先生身材不高，精精瘦瘦，看他头发花白，应该也是一位上了年纪的老先生了。不过他面色格外红润，神情明朗，整个人的状态看上去很康健。

"听说这里的老板做的工作很有趣，所以我也想来分享一些乐趣。"方先生眼睛睁得圆圆，语气仿佛孩子一般充满好奇。

听别人说故事自然有趣，可要找一本不知所在的老书就没那么有趣了，而且找书本就不是什么简单的事。这位方先生想找什么书？到时能不能找到都是个问题。这会儿还没开始听方先生的故事，我就已经开始紧张了。

"我想找的是法国作家让·热内的书。这本书很出名，其实去大书店也能买到，但读完之后总觉得不满意，不是年轻的时候读的那种感觉。"

"您说以前读的那种感觉具体是指什么感觉？要不您先说说，是让·热内的哪本书吧？"

"一种粗糙感吧？让·热内没怎么受过正规教育。这种作家写的书无论是文笔还是情节，基本上都比较粗糙。其实我也不是那种热爱读书的人，主要是以前家里条件差，很早就出来工作了。高中一毕业就……"

"让·热内，不会是《小偷日记》吧？"吕突然插嘴道。

我和方先生同时看向吕，吕也不理睬，继续道："您说'粗糙感'，我立马就想到了。活生生的粗糙感，那就是《小偷日记》啊。这部书是他40年代蹲监狱的时候写的。我记得第一版韩文版应该是三星出版社发行的《世界文学全集》中的一本。大概70年代出的？嗯，应该就是那时候出的。"

　　"我正和客人说话呢，请你安静一点。"我故意把腔调拉高，但吕似乎并不在意，就连方先生也乐呵呵地招手让他过来。

　　"对，就是《小偷日记》。不过我想找的不是三星出版社出版的，而是平民社出版的单行本。我看你挺懂书，你是这儿的店员吗？"

　　"我不是这儿的店员，我也是来找书的，应该算这儿的熟客吧？不过重要的是，我这个熟客可比这儿的老板懂得多，哈哈！"

　　吕大笑几声，然后顺手抽来一把椅子，坐在方先生身旁。我被他气得够呛，狠狠瞪了他一眼，心里盘算要不要吼他两句。不过转念一想，跟他生气，吃亏的也是我。于是我面向方先生，调了调坐姿，把吕晾在一旁。

　　"平民社的这本《小偷日记》应该是70年代末出的。这书有我许多年轻时候的回忆，所以很想再找回这本书。"

　　"老板，找得到吗？要不要我帮忙呀？你也知道，我是个闲人，到处转悠找本书还是不在话下的。"吕在一旁阴阳怪气道。

我再忍下去恐怕要见怪于方先生，于是高声道："你够了！书我自己会找，你要没事就赶紧回吧！"

店里顿时安静无比。这人弄得我在客人面前发这么大的火，结果到头来我却成了无礼之人。于是我赶紧向方先生说了声"对不起"，并朝他深深施了一礼。方先生一言不发地看着我和吕，突然放声大笑起来。

"哈哈，真有意思。其实我喜欢让·热内的小说也是因为书有意思。这位作家早年流浪的时候当过小偷，所以这本《小偷日记》写得特别生动。我小时候也和他一样，穷得叮当响。不过得亏不用靠偷，但也是什么苦都吃过了。现如今退休，反而整天没意思。我听人说，生活没意思的人老得快。要不这样，我今天给两位提个有意思的安排，如何？"

方先生说罢，先是看了看我，接着又看向吕，他的眼光在我们两人脸上来回打转。我和吕并未做出回应，但方先生似乎早已盘算好一套秘密计划，俯下身子令人玩味地搓着手掌说道："看来两位对书都颇有自信，那就让我给两位一个公平公正的机会，怎么样？但光找书也没什么意思，这样吧，看两位谁能先找到书，我出奖金，现金五十万韩元，怎么样？有兴趣吗？"

吕即刻就有了反应。只见他腰身一软，姿态活像古装剧里的贪官，说："有啊，当然有啊！"然后用手指在我手臂上嗖地戳了一下："怎么样？你看老先生也说了，这场对决会非常有意思，对吧？"

其实我气还没消，但仔细一想，之前林林总总受了他那么多欺辱，如果这场交锋是我赢，那岂非一步到位，直接就能跟他把账算清？不过不知道这滑头到时又会耍出什么把戏。如此一番思量，我决定和他交手。

"好！那就试试！不过诚如老先生所言，我们得堂堂正正地来一场。正好明天周六，我们明天上午在东庙站碰头，就沿着东庙附近的旧书店找，先找到《小偷日记》的算赢。"

"我没问题，OK的。"吕露出一口大白牙，笑容得意，"不过《小偷日记》这种书，旧书店大多都会有，而且版本不一。那就看谁能先找到平民社初版的那一本，算最终得胜。对吧，老先生？"

方先生更有兴致了，说："好，那就说定了。我作为'主办方'，又岂能错过这么好玩的场面，所以明天上午我也去东庙。到时我在地铁站旁的咖啡厅等着两位，看谁先带着书和购书小票到咖啡厅，我就给谁颁发奖金。"

"好！"我和吕神色严肃地看着对方，异口同声地答道。方先生见我和吕应下这一局，那神采别提多起劲，走出书店时，脸上的笑容根本收不住。

第二天，我们三人按昨天的约定，上午 10 点在东庙站三号出口碰面。从现在开始计时，到下午 3 点，找书的范围就定在东庙附近的旧书店，若截至下午 3 点仍找不到书，则取消奖金。方先生简单说明规则之后便移步去了咖啡厅。

东庙站三号出口紧挨着东庙公园和跳蚤市场，不远处汇集了许多家大型旧书店，光叫得出名字的就有"荣光书局""旧书百货""清溪川书店"等。而且一到周末，街上摆摊卖货的商贩如云，其中书摊也有不少。一一逛来恐怕一整天时间都不够。既然截止时间是下午 3 点，拟个作战计划还是相当有必要的。而且两人同时冲进一家书店找书的样子也颇为滑稽。于是我想了个办法，看我们两人谁先去离这最近的荣光书局。

"我这有枚硬币，抛出正面，我先去荣光书局，背面就你先去。如何？"

"我都行。"吕似乎无所谓谁先谁后，一副狂傲的样子。

硬币落下，正面，我去荣光书局。我和吕同时出发，我先进了荣光书局，吕头也不回，径直朝着旧书百货的方向往前走。我和荣光书局的老板打了声招呼，便马上开始在书架上翻找。

店里的书从地上一直摆到天花板，一般人见此景象必定大为错愕，更别说在其中找一本书。不过频繁出没这类地方的人就知道，混沌之中自有秩序。那些书看似随意堆放，但其实店老板早已按照自己的风格将书分门别类，归置好了。所以找书的第一条思路就是摸清店老板的归置方法。

就荣光书局来说，像《小偷日记》这类外国小说一般会放在门店中间靠里的位置。从客户特性来看，到荣光书局买书的人一般喜欢买韩国小说，所以店门口那一区放的都是韩国文学。而最近入库的书一般都会堆放在店门外，等过往行人先买走一批，剩下的再分门别类放入店内的各个书架。

不出所料，我很快就找到了民音社 2000 年左右出版的《世界文学全集》中的《小偷日记》。但仍不见平民社版本的踪影。根据我的经验，如果在一家店找得不顺手，就得适时调整状态。若一头栽进书堆里翻上好几个小时，非但无法集中注意力，反倒效率低下。所以我决定每家书店最多停留三十分钟，然后马上转战下一家。之后再绕回这一家重新找，往往心明眼亮，一下就能找准。

走出荣光书局，沿路的商贩比刚才多了些，我一路留意其中卖书的摊位，一路前往下一家书店。也不知吕这会儿在哪家书店。其实我挺好奇他找书的方法。他刚才夸下那般海口，难不成有什么独门秘诀？

我一边琢磨一边迈步,到了书店门口便下意识地先往店里瞄上几眼,恍然间我仿佛并非在找书,而是在寻找吕的身影。刚才经过两家书店都不见他,莫非他已经找完这两家,接着去了下一个地方?这不可能。刚才这两家店的规模不比荣光书局小,即便走马观花也得一个小时。其实马路对面的小学后面有一家卖中古唱片和旧书的店铺,那里也有不少好书。或许是我估错了他的路径,没准他一开始就朝马路对面去了。

不过我去马路对面转了一圈,也没见到他的影子,于是只好专心找书。这一通"追踪"下来,不知白白浪费了多少时间,心里顿时烧起一股无名火。

现在已是下午 1 点多,我为了找书连午饭都没顾上,在东庙周围的巷子里穿来走去。这时,我突然看见吕就坐在路边一家破旧的汤饭店,正若无其事地吃着汤饭。瞧他吃得这么从容,莫非他已经找到书了?意外之余,更有些失落。

我在不远处看着他把汤饭吃得差不多了,又拿纸巾擦了擦嘴,提起背包便起身要离开。我打算悄悄跟着他,看他接下来会如何行动。

只见他快步朝东庙公园走去,沿途的书店和书摊连看都不看一眼,不一会儿便走到了旧书百货。我上午从荣光书局出来之后曾来这家店转过一圈。这家旧书百货的布局紧凑，书架与书架之间的空隙狭小，所以客人大多会把随身携带的包袋暂时放在店门口，然后只身进入店内。而吕也将背包留在了门口，一个人钻了进去。

没过多久，他便拿着一本书来到收银台前。不过那本书并非《小偷日记》。他提起地上的背包，从背包外侧的口袋中翻出钱包，抽出一张银行卡结账。接着，他又拉开背包大口袋的拉链，准备将买好的书放进去。不料拉链刚一拉开，就从里面掉出另一本书。我一看封面便认出那是《小偷日记》，而且还是平民社的初版！难道吕在午饭前就已经把书找好了？他慌忙捡起书，将其重新放回包内，匆匆离了书店。

书已在手，吕的下一站自然是方先生所在的咖啡厅。他大步流星地朝着地铁站的方向迈着步子，而我离他仅十步之遥。周末的东庙，行人熙熙攘攘，我跟着他一路进了咖啡厅，他都未曾发觉我紧随其后。

方先生坐在椅子上，见吕进来，先是看了看手表，接着起身迎他。这时，挂在咖啡厅墙上的时钟刚好指着 2 点15 分。

"哎呀，来了啊。没想到两位会同时到。"

经方先生一说，吕才发觉我在其身后。不过他很快就收起讶异的表情，肩膀一挺，好不傲慢。

"《小偷日记》，平民社，1979 年初版。"他从包里

189

拿出书，放在桌上道。

"噢！对，就是这本。购书小票也在。两位几乎是同时到的，不过奖金只能给先进门的那一位。"

方先生从包里拿出一个白色信封，正要递给吕。不过我怎么看都觉得这事可疑，于是问吕："不好意思，我能问问你这书是从哪家店买的吗？"

"这有什么不能问的。小票上写着商号呢，旧书百货。从那么一大堆书里找出来，可没把我累坏。"

购书小票就在《小偷日记》的封面上放着，我顺手拿起小票，看了看上面的内容。果不其然，小票上写的商号是"旧书百货"，销售金额是两万韩元，时间是下午1点55分，也就是我躲在一旁看着他结账的那个时候。但他当时买的书并不是《小偷日记》，而是另一本书。于是我对方先生说道："说实话，我没找到《小偷日记》。但我可以确定，他这本书不是在东庙的旧书店买的。我刚才正巧在旧书百货看到他，眼看着他在收银台结的账。他买的根本不是《小偷日记》。而且旧书店的小票也不会把书名打出来。他刚才在旧书百货买的书，还装在他包里。这本《小偷日记》是一早从家里带出来，一直装在包里的吧？"

"不是……我怎么会做这种事？"吕慌了，连说话的声音都大了许多。

方先生表情凝固，拿起小票看了看，说："无论如何，这事得先弄个清楚。要不现在就拿这张小票去旧书百货确认一下刚才买的到底是本什么书吧。这才没过多久，店员应该还记得。"

吕被逼得没办法，只好如实交代。正如我所料，吕在旧书百货买的那本书并非《小偷日记》，而他拿出来的，是他原本的收藏。昨天方先生一提奖金的事，他便一时起意，动了歪心思。若这事不出差错，一本书就能得五十万。

"你这……你这和小偷没区别！"方先生断言道。吕一言不发，只低着头。方先生接着对吕说："你读过《小偷日记》吧？这本书书如其名，说的是作者让·热内当小偷时的故事，而且是作者本人在狱中写的。不过当时的知识分子读完他的作品后，从中体味到的远不止书中描写的那些偷盗情节。不仅让·科克托欣赏他的诗，让－保罗·萨特还说他应该叫'圣·热内'，不是'让·热内'。然而你今天的行为，毫无解释的余地，就是偷。偷奖金的贼。抛开钱多钱少不谈，其实我非常想和两位一起度过愉快的一天，不过现在都毁了。我先告辞了。"

方先生向我和吕轻轻行一默礼，起身便要离开。我胸口有些堵，心想起初是否不该应下这一局。

这时，吕默默从椅子上起来，叫住了方先生："老先生，对不起。是我考虑不周。"然后拿起桌上那本《小偷日记》递向方先生，说："我想把这本《小偷日记》送给您，以表示我的歉意。请您务必收下。"

方先生一愣，看着我和吕说："还是不用了。"接着转身便走出了咖啡厅。我和吕点了两杯咖啡，两人相对无言，喝完便各自散了。外面秋日午后的阳光还是那般晃眼。

几天后，吕带着他那本《小偷日记》又来了书店。"这本书，我都看完了。能放在这里卖吗？"他的声音有些尴尬，没了往日那副油滑的腔调。

"刚好，正有人想买呢。不过你这书有些旧了，纸张发黄，边角也有些磨损，只怕卖不出多少价。"我拿起书看了看，说道。

"没关系，我已经不需要这本书了。"

我收下书，把事先准备好的信封递给他。他接过信封便如逃走般飞速出了书店，也不看里面装了多少钱。

其实信封里装着之前的五十万韩元。我们三人去东庙找书后的第二天，方先生就来店里留下了这些钱。那天吕道歉之后，方先生觉得自己回绝得太过凌厉，有些过意不去。而且方先生估计吕迟早会带着那本《小偷日记》来书店，于是这钱就先交由我保管。

"其实我很想找到这本书，再品一品其中的乐趣。如果他以后都不来，这钱你就收着，权当是找书的辛苦费。"

这事之后，吕的行为举止有了不小的变化。我和他都很默契，没再提过东庙那天的事，不过彼此间已有了更深的了解。吕有时会来店里与我聊聊书，斗斗嘴，时不时暗暗较劲，而我也不会像从前那般往心里去。因为我知道吕并不是坏人，就像狱中写作的让·热内先生，小偷的人生并不会永久伴随他。

奇怪的委托

《小说文学》

小说文学社，1980 年 5 月创刊号

有道是"书有三痴"，说的是对书抱有三种不切实际的想法而做出痴事的人。第一种痴人便是找人借书的人；第二种痴人是别人找他借书，他就乖乖借出去的人；第三种痴人则是把书借来之后还还回去，或者说把书借出去之后还盼着对方会还回来的人。

不过作为一个喜欢书的人，若这"三痴"一次都没犯过，那定是假话。书是一种奇妙的东西，能让人变得聪明。但令人玩味的是，书也昭示着我们，若想活得聪明，痴是免不了的。

几年前我曾借出过一本首尔文化社出版的马光洙的

《快乐莎拉》①。借走这本书的是一位评论家。这位评论家想写一篇关于旧书店的文章，来找我做采访时在绝版书那一区的书架上发现了这本书。采访结束后，他说自己正在写一篇关于马光洙的文章，正好需要这本书。

此言一出，我便看透了他的心思：他需要这本书，但不会买。想问我是怎么看透的？其实简单。常年在旧书店工作会培养出一种直觉，如福尔摩斯一般，非常发达。有心买书的人从不会字字句句地解释自己为什么需要它，而是干净利落地付钱买下。

其实这位评论家也知道这本绝版的《快乐莎拉》在市面上十分昂贵，而自己不过写文章时参考参考，所以并不想买。

于是他高谈阔论一番马光洙之后，终于还是开口借书了。我和这位评论家已不是第一次打交道，而且都是读书写作之人，想借书的心情也能理解。唉，也怪我实在太能理解，便把书借给了他。他说借一个星期，七天之后还。现如今已过去七年，也不知他还去哪儿了。

有人说，把书和钱借出去就别想着能再还回来，不过自己的东西总有留恋，又怎能断得了这个念头。但如果断了这念头，完全忘记这回事，书就会重新回到我身

---

① 《快乐莎拉》，作者马光洙，该书因涉黄被韩国政府列为禁书。——译者注

边吗？或许书还没回到它原来的位置，是因为等待的时间还不够长？

几年前，一位衣着简陋的男性客人来书店讲述他自己的故事时，我才再次意识到书和人之间始终有着一种无法割舍的联系。

这位客人身高不高，几乎没有表情，很难估出他的年龄。他说，他知道我平时收集故事帮人找书的事。

"是我女儿推荐我来的，说老板您会帮忙找书。"

"是的。但也不是所有的书都能找到。如果您想找的书有故事，那么找书的费用可以用故事代偿。不过有些书找起来很快，有些书可能完全找不到，希望您可以谅解这一点。"

"嗯，这些我都听说了。可我说的故事您一定会保密的吧？"

他不知怎的忽然非常紧张，仿佛被人追赶，神情彷徨不安，甚至不敢和我对视。这人到底有着什么样的故事呢？

"那是当然，一定会保密的。您说的故事可能会被发表在杂志或者书上，但绝不会透露您的个人信息，这是原则。请您先告诉我您的姓名、联系方式，以及想找的书吧。"

"我姓姜。书其实在我这里。"我一时间怀疑自己是否听错。而他似乎也察觉到我没听明白，于是又说了一遍。

"就是说，不需要您帮忙找。书在我这里。"

他到底在说什么？书在自己手里，为什么还让我帮他找？这人不像精神有问题的，可我压根听不懂他这话是什么意思。

"您的意思是说，您要找书，但书已经在您手里，所以不需要我找了。是这个意思吗？"

"算是吧。"

姜从他的破旧的包里拿出一本杂志。杂志名叫《小说文学》，是一本文学杂志的创刊号。这本杂志干净平整，保存得很好，仿佛买回来就一直收着，从没看过。

"到时候有个姓严的人会来这儿委托您找这本杂志。我先把杂志放在您这儿，等他来了就请您把杂志交给他，行吗？不过您别说是我放在这儿的。"

这委托还真怪。两个人，一本杂志。我有种预感，这三者之间牵扯着一些复杂的事。

"您方便说说这个姓严的人和杂志有什么故事吗？您说的我都会保密的。"

"当然方便。我就是为了这事而来的。现在也是时候放下这沉重的包袱了。"

说着，姜便长叹了口气。我把保温瓶打开，给他倒了杯普洱，想让暖意从他身上传开，这样说起话来也能舒适一些。他双手捧着茶杯放在胸前，杯中热气升腾，一时模糊了他的脸庞。

"我和严是读大学的时候认识的，那时我和他都是英文系的新生。我们有很多共同点，所以经常混在一起。我们都是从农村考来首尔的，而且家里都穷，还都是独生子，所以很谈得来。但是我和他的性格截然不同。他的性格开朗、积极，可我不一样。对我来说，这世界一直如同黑暗的夜晚。不过我觉得这种性格差异反而成就了我和他的友谊。如果两个人的性格都很开朗，或者都很内敛，也许就不会那么亲近了。"

姜喝了口茶，紧绷的肩膀似乎放松了些。我抚了抚面前的杂志，1980 年 5 月创刊号。那时候我还小，全然不知当时发生了什么事。不过现在再看到这个时间点，脑海中只联想到一件事：光州民主化运动，军方暴力镇压，戒严令。这杂志的封面是作家朴范信年轻时的头像。封面中的朴范信笑容可掬，画作的非现实主义风格浓烈，给人一种微妙的奇幻感。

"您是 1980 年入学成为新生的吗？"我拿起杂志向姜展示着封面上的期号，问道。

他接过我手中的杂志，飞快地翻了翻书页，说："是的，是那一年。但这本杂志的故事发生在这之后。您知道的，那一年发生了很多事。但我却一直忙着避开那些事。那时候心里有很多想法，有很多事想做，不过我也只是在心里想想。我天生就是个胆小鬼。"

说话间，杂志又到了我手里。姜的语气和缓了些，继续说道："那年入学之后没多久就下了停课令，同学们还没来得及感受考上大学的心潮澎湃，结果连课也不上，就都去首尔站聚集示威了。严几乎每天都去，但我没参加，总觉得害怕。不过严似乎很投入。那时我们常常一起见面吃饭，在下宿房①喝酒。我住的房间小，而且东西放得乱，也不好意思邀请谁来。但严的房间总是干干净净。他的房间大小和我的差不多，但书和衣服都收拾得很好。尤其是书，特别多，也不知道他哪儿来的钱买的。而且更让人羡慕的是严的周围除了我，还有很多朋友。他那间下宿房除了我，经常还有两三个人在，我们在里面连脚都伸不直。偶尔还有女同学会来。严对他们所有人都很热情。"

　　那年5月的确发生了很多事。停课、示威、戒严令、光州……不过姜却不理睬这一切，而是日日夜夜地读着小说。他当初报考英文系，也是想像金承钰那样以大学生的身份拿到文学奖，意气风发地进入文坛。不过当时那种局面，姜即便有心进军文坛，也不能对谁表露。

　　"这样悲惨的世界要文学有什么用！"姜忽然激动地大声说道。

　　"有天，我在严的下宿房，房里还有两个人，严在那

---

① 下宿房，类似寄宿家庭，因食宿价格低廉，是当时韩国大学生经常选择的一种住宿方式。

儿聊着自己读过的书，我蹲在角落里听。他一开始聊着托尔斯泰和陀思妥耶夫斯基，接着突然提到了凯鲁亚克。不过他聊的内容零零碎碎，也就是摘些金句名言汇在一起。这时他从被子底下拿出一本书向大家展示，说是这个月新创刊的文学杂志。"

"说着，姜用手指在杂志上轻轻敲了两下。

"当然了，我也知道这本杂志，只是那时候我没钱买。他拿着这本杂志说得天花乱坠，说杂志里有李炳注先生的彩色画报。他像期刊销售员似的，翻到那一页给其他人看，于是所有人都同时发出'哇！'的感叹声。接着严又翻到约翰·厄普代克的短篇小说，向另外两人展示，说是约翰·厄普代克第一部被译成韩文的作品。一堆人在那小房间里挤着看这本杂志，争来抢去，闹成一团。这时，严叫出我的名字，他像话剧演员似的，硬着嗓子说：'同志们，这位朋友才是我们之中最需要读这本杂志的。'接着，他让其他人记住我的名字，说我是预备作家，将来要成为第二个金钰承，然后将杂志递向我。"

"所以，您从严手里接过这本杂志后就一直留到现在，是吗？"我倾着身子问道。

"不是。我当时大声争辩，说：'这样悲惨的世界要文学有什么用！'然后说：'你们还算是爱国青年吗？'于是氛围瞬间凝固。我也不知道自己为什么会这么说，而且我平时说话不会这么激动。我估计他们也察觉到了。然后我又缩回角落里坐着。那天的事就这样结束了。"

几天后，姜悄悄进了严的下宿房，把这本《小说文学》创刊号偷了出来。姜也说不清动机和原因，只是非常偶然地想拿走这本杂志。那之后，严仍向周围人说着这本杂志，不过他始终不知道是谁拿走的。这件事过了两个月便没人再记得，但姜拿走杂志之后却一次都没看过。

"您看这封面上的朴范信，每次看到他，都觉得他是在挖苦嘲笑我。所以我干脆收起来，直到大学毕业都没拿出来过。"

那次争执并没有影响两人的关系。大学毕业后，严赴美继续深造，现已是一家贸易公司的董事，生活富足。估计很难有人会相信他大学时代曾穷困潦倒。而姜毕业后做了一段时间外国文学作品的翻译，之后又去了一家培训班工作，教初高中生英语。其实非母语的英语讲师在韩国IMF危机之后都很不占优势，于是姜便不再从事这个行业，如今他也只是偶尔在社区的文化中心教教英语会话。

姜和严的人生如此不同，但友谊仍在。两人见面时总是严请客，而严的言谈举止也总是顾及姜的感受，不让其有负担。一周前，姜和严相约酌酒，两人聊起大学时代便滔滔不绝，不过最终还是说起了这本《小说文学》创刊号。

"他说起这杂志可能只是在回忆往事，但我感觉自己心脏都要停了。其实这些年我也想过要把杂志还给他，但每次都鼓不起勇气。早几天我跟家里人说了这件事，不过没告诉他们杂志是我偷的。结果我女儿让我来这儿，说这里有家神奇的书店，只要有故事，老板就会帮忙找书。"

姜的故事讲完了。他离开之前把杂志交给我，并再次嘱咐我务必保守秘密。

过了差不多一个月，一位自称姓严的客人来书店委托我找书。这人正如姜所描述的那样，穿得干净整洁，非常得体。严向我说起自己大学时代的故事，还把杂志无缘无故消失不见的事也原原本本地说了一遍。不过严全然不知姜此前来过书店。他说："不久前和一位姓姜的朋友聊起这件事，后来没过多久他又联系我，让我来这儿试试，看能否找到这本杂志。"

严说："我很欣赏姜的这一面。这位朋友总是想得很深，在情感上既丰富又敏锐。我的性格直截了当，所以想得比较浅。我想这也是我和他能成为老朋友的原因吧。我有很多地方都想向他学习。"

之前姜话里话外都将严置于高位。不过如今看来，严也如此。曾有人说，互相成为朋友是一件令人愉悦的事，因为你可以在对方身上找到自己缺失的部分。

按照约定，我将这本《小说文学》创刊号多留了几个星期，严来取书时我又编了些话，装作是从别处找来的另一本。如此，一本书隔了将近四十年，又回到了它原来的位置，从来没人借过，也从来没人还过，只是其中一人不知这背后的秘密罢了。

书知道自己该去哪儿，有时它会自己出去旅行，去打动另一颗心。一位诗人曾说，一切回到原来的样子才是最美好的风景。我希望他们的友情也能如此美好。

消失的书，消失的朋友

《圆形的传说》
张龙鹤著
思想界社，1962 年版

所谓命运真的存在吗？人的一生最终会沿着既定路线走下去？其实我不太相信这种说法，不过我愿意将书和人之间那根隐形的线称为命运。这根线通常不会直接相连，而是如人生一般迂回错杂，不知伸向何方。

一位姓庞的客人委托我找一本名叫《圆形的传说》的书，书里就写过这样的话。客人是一位上了年纪的老先生，他来书店讲述他的故事，不承想一本老书竟牵扯着一段错综复杂的命运。或许老先生自己都无法窥见这段命运的脉络，只有一本无声的老书，默然收着这故事中的秘密。

《圆形的传说》是小说家张龙鹤的代表作，故事以朝鲜战争为背景，讲述了主人公在这一惨痛的大历史进程下无奈的命运。书中有许多抽象的内容，加上这位作家独有的晦涩文体，直至几十年后的今天，仍有许多学者研究这部作品。其实去一般的书店完全买得到这本书，但这位老先生却来了旧书店，还偏要找思想界社1962年出版的初版。

　　"对，必须是初版。我读过的那本是初版，所以只想找初版。"

　　庞老先生用沉稳有力的声音一直向我强调着"初版"两个字。

　　"初版不是那么容易找的。这本书的初版已经出了几十年，而且当时的发行量也不会像现在这么多。您非要找初版，一定是有什么故事吧？能说给我听听吗？"

　　庞老先生点了点头，浅浅笑了笑。

　　"肯定有故事啊。是我的一个后辈叫我来这儿，说在这儿讲故事，老板就给找书，故事算作找书的辛苦费。不过我也知道，我想要的这本书难找，所以辛苦费还是会给足的。而且我的故事你一定满意，足够你找书的价钱了。"

　　"其实我并不计较故事是否让人满意。客人把自己的故事说给我听，也是需要勇气的。而且这些故事每一个都很特别。好吧，您开始说吧，我拿本子写下来。您讲得琐碎也没关系，想到什么说什么就行。"

我抽出椅子让庞老先生坐下，倒了杯水放在他面前。

"还得从我读这本书的时候开始说起，60年代，那时我还是大学生，典型的热血青年。我抱着一股信念，决心一生都要献身于社会运动，去创造一个更美好的世界。不过我既不是共产主义者，也不是无政府主义者。甚至我连马克思主义是什么都不知道，只是在脑海中构想着一个画面，觉得所有人都应该生活在自由正义的环境之中，并没有什么理念。"

年轻时候的庞对环境领域特别感兴趣，经常找国外的书来读。当时的韩国政府几乎不关注环境污染或全球变暖等议题，而且那时的韩国根本没有与此相关的非营利组织。于是庞自己翻译了一部分蕾切尔·卡逊的《寂静的春天》，并向人推广这本书。

起初庞独自做着这些工作，但他翻译推广的外国著作在大学生中得到了呼应，于是想在该领域有进一步的发展。想发展，首先需要人。庞的最终目标是制作一本在国外也拿得出手的环保杂志。不过事情还处于准备阶段，因此庞打算先招人，一起做些传单。

庞在学校附近的书店宣传栏上贴了一篇名为《我们正在等待有志于共同思考环境问题的同学》的文章，没想到很快就把人招齐了。当时一共招了十多人，那间小书店就成了他们的据点，每周聚两三次，大家一起研读外国思想家的书，同时还将日本从国外引进的环保书籍和会议资料翻译成宣传册。

虽然庞和他们一起共事的时间不长，但至今仍记得这些同人的名字。庞坦言，正是这些人的正直和善良，才成就了今天的自己。

"我和一些同人到现在仍然保持着联系，不过其中有些人已经离世了。我们给自己的组织取了个大名字，叫'国际环保联合会'，听起来像个国际组织，而我们只是这个组织下的韩国分会。虽说是闹着玩取的，但我们都特别自豪。谁能想到，我们创建的组织后来真的成了国际环保联合会的根据地。当时聚集在一起的这群朋友都是很了不起的人。其中有个姓梁的后辈尤其令人印象深刻。他比我小几岁，但想法和行为都很成熟。没过多久，我们的关系就变得很亲密。我和他都喜欢文学，所以经常私下里约出来一起聊书。有一天，我把我喜欢的那本《圆形的传说》借给他。我记得那天好像是他生日。我没钱给他买生日礼物，只好把自己喜欢的书借给他，让他什么时候看完了再还给我。说是借给他，但如果他不还，我也不会舍不得。但没想到的是，那本书真就这样一去不复返了。"

我在这段往事中沉浸了好一会儿，趁着庞老先生喝水空当，我对书的去向稍稍做了推断。首先，梁故意不还书的可能性较低，书可能是在他手上弄丢了。还有一种可能，

207

即梁读这本书的时候太专注，于是自然而然地以为书是自己的。这种情况虽不常见，但偶尔也听人说起过。但庞老先生说的情况比这更离奇。

"有天，警察突然闯进我们的工作室，无缘无故扣押了我们的书和资料。他们没拿搜查令，而是直接拿棍子进来的，跟流氓没什么两样。警察说我们翻译的这些书，包括读的书，都是反动书籍，全部都要收走。我就搞不懂了，保护环境的书怎么就反动了？那天我被带到警察局接受调查，折腾了一个通宵。虽然没查出什么事，但那天晚上却是我这一生中最害怕的一个夜晚。直到第二天早上我才被放出来。我们的书和资料都被没收，于是只好从头开始。不过大家都是年轻人，很快就重新燃起了希望。工作虽辛苦，但我们几乎每天都会去工作室。只是梁自那之后就没来了。他一连好几天都没消息，办公室也不见他的人影，于是我只好去他家走一趟。我上他家敲门，但开门的是他父母。我看他父母的表情不大对劲，瞬间觉得情况可能不妙。他父母说，梁已经两个礼拜没回家，他们已经去警察局报了案，报的是离家出走。但梁并没有带行李，他的东西一件不少地都在他房里。所以这事有问题。"

其实警察去工作室搜查的前两天梁就已经失踪。庞思来想去，觉得梁失踪的原因也就和国际环保联合会这一条线索有关，找不出旁的缘由。不过庞是联合会的负责人，连他都已经接受完调查被放出来，因此梁的情况就不好说了。

据说梁失踪的那天如往常一般去上学，穿着一身平常的衣服，背起书包就出门了。那本《圆形的传说》很有可能和其他书一起，就在他的书包里。

庞也顾不上工作室的事，四处寻找梁的下落。不过这也无济于事，不仅周围的人没有见过梁，就连他经常光顾的餐馆和茶楼都找不到其踪迹，仿佛人间蒸发一般。

"有些事我想不通，于是又去找梁的父母聊了几次。听他们说，梁好像除了在我们这个环保组织工作之外，还参加了其他组织活动。怎么说呢？我猜他可能被卷入了某个激进组织，就连他的父母都察觉到了。我去看过他的房间，果然不出所料，他房间的地板胶下面藏了几本宣传共产主义革命的小册子。我估计他是因为这事被警察抓走的。我趁梁的父母不注意，悄悄把那些册子带出来，一把火都烧了。"

"这位姓梁的后辈从那之后直到现在都没有音讯吗？"我边看着本子上写下的内容边问道。

庞老先生叹了口气，说："我帮着梁的父母找了将近二十年，但始终找不到任何线索。"

"梁的父母都走了。他们去世前办理了梁的死亡证明。如今就连证明他存在于世的一纸文书都没有了。但人又怎

209

会如此被轻易忘记？我之所以想找这本《圆形的传说》，就是想看见这本书的时候能够再次想起他。"

庞老先生的故事宛如张龙鹤的这本小说，辗转迂回让人心绪难平。我很想帮他把书找到，但发行这书的出版社都已不复存在，想找一本几十年前的书又谈何容易。于是我只能自己慢慢地找着，始终没有收获。

大约过了一年，我在一次偶然的机会下收到了这本书。那时，书店附近一片老旧的住宅区被划定为重建区域，正准备拆迁。住在这片区域的一位老人来电问我能否上门收书，《圆形的传说》的初版就是从这位老人家的书房里收到的。

这位老人家年事已高，把自己所有的书尽数留给了我。他说他处理完房子之后想如游子一般度过余生。这话让人不明所以，不过我对他既谦和又有修养的态度有一种道不明的敬意。

"再怎么说也很少有人会把书一本不留地全部处理。要不您告诉我您搬去哪儿，或者您留个名字也行，我以后一定想办法再到府上拜访。"

老人家呵呵一笑，说："我是个没名字的人，一直没有名字，所以也没什么可告诉你的。"

我以为老人家说笑，于是轻轻笑了笑，也没当回事。

接着，他又拍了拍我的肩膀，说："我年轻的时候和你一样，身体很好的。"许是老人家一时感叹自己年纪大了，行动不便。难怪说话间他一直在旁看着我把书捆成许多捆，又把成捆的书一一搬上卡车，也不插手。

"您来电的时候没报价，所以我就按照自己的意思准备了点。不过这些和您的书相比，根本算不得什么，只希望您老人家搬家的时候能派得上用场。"我拿出预先准备好的白色信封，打算交给他。

不料老人家把信封推向我，说："不用给钱了，我有钱。只要这些书到了其他人手里能够好好爱惜，我就很感激了。"

我拿着信封再三劝说，但他始终不肯收，于是我只好把信封又装回口袋。临别时，老人家一直朝着我和司机挥手，直到卡车拐进另一条巷子。我想，若来日有缘还能再见，我定不会辜负。不过后来再也没有收到他老人家的消息，我也只得如此了。

这本《圆形的传说》终于有了着落，时隔一年我再次联系庞老先生，让他来店里取书。庞老先生塞给我一个信封，里面装了好几张一万韩元的纸币，说是给我的谢礼。

大约过了两年，我突然萌生出一种想法。或许，之前把书留给我的那位老人家就是庞老先生想找的那位姓梁的后辈。那位老人家和庞老先生年纪相仿，而且我记得他从院子里出来给我们送行时，跛着一条腿，连同身体也斜向一边，像是跛了很久，早已经习惯了腿脚不便的生活。庞老先生当时非常肯定梁是被警察抓走的。然而那个年代被警察抓走，严刑拷打起来，往往不死也得脱层皮，进去一趟落下个残疾也是有的。莫非当年失踪的那个姓梁的后辈就是……

　　老人家把书留给我的那个地方现已经盖起了一座座高耸的住宅楼，就连记忆中那片住宅区老旧的样子都已逐渐模糊。五十年前的一本书让两个年轻人的命运在这片土地上延续。两个人，一本书。书仿佛一根线，牵动着两个人的命运。只要这根线还在，两人的命运就不会结束。我常年和书打交道，时间久了，体会最深刻的也是这一点。只要这世界上还有书，那么与之相关的人，还有其中的缘分就不会消失。

第四篇　人生
书与生活

完全的不完全

《完全主义者的梦》

张锡周著

清河出版社，1981 年版

　　夏日的午后炎热，我和宋在书店相对而坐。我第一次
见他是在半年前，那时正值严冬。他还是那头短发，穿着
一身板正的白衬衫，把领带打得工工整整，领带尖垂直而
下，正指着皮带的中点。这种分毫不差的派头让人感觉压
抑。我不自觉地有些紧张，但他的神情却很放松。他看着
我没有说话，而是朝我扬起嘴角微微笑了笑。这种笑容如
有玄机，仿佛能把人逼入角落，令人动弹不得。半年前他
来书店时也是这副姿态，不过如今我已知道他本就这般风
格，其实并无恶意。只是他的笑容的确让人不舒服。

"不愧是您啊，时间卡得刚刚好。"我先开口打破沉默道。

"时间之所以存在，就是为了让人遵守的。"宋即刻回答道。

"我之前已经说了，这不是在考您，只是想满足一下我自己的好奇心，所以您也别不高兴。"

"怎么会？我反而高兴得很。您打电话给我说书找到了，我难得有这种心跳加速的时候呢。好，我们开始吧。"

我把视线锁定在他身上，拿出事先准备好的纸，从第一行开始念了起来：

"第十六首的第三联。"

"噢，《海景》啊。"宋几乎没有思考，立刻做出了反应。他仿佛机械一般，继续道："无休止的疲倦乏困让我成为了一只穿越沙漠的骆驼，忽而回首。"

他该不会真背下来了吧？我努力地克制着自己的惊讶，故作镇定地出下一道题。

"接下来是，第六首的第四联。"

"《我想绽放的身体在燃烧》，第四联：'我渺小，但我们并不渺小。'"

他的声音没有起伏，答得不紧不慢，仿佛我输入指令，他就能吐出相应的答案，如同一台机器。

"您不想知道自己是说对了，还是说错了？"我稍稍试探道。我以前在书上读过，这种试探性的问题能给人造成心理上的压迫，能逼着对方出错。但他全然不顾我的进攻，从容地答道："完全不想知道。"

"为什么？"

"因为我知道自己没错。"

这人比我想象的还厉害，简直无懈可击。我干咳了两声，接着念道："好，那就最后一题，第三十四首的第一……"

结果我还没说完，他就把话抢过去，说："这首是《空气》，是我很喜欢的一首诗。它的开头是：'我从痛苦的沉睡中醒来，开始小心翼翼地拉锯。'"

现在我已不得不承认，他的确都背下来了。我从书桌的抽屉里拿出事先准备好的书，他有资格拥有这本书。

"完美。一个字都没错。"我把书递向宋，说道。

"哈哈。谢谢。不过我想给自己的评价是'完全'，而不是'完美'。我第一次见您时也说过这话。"

宋和我握手，感谢我让他和这本书再次相见，并朝我施了一礼。我和这位不可思议的客人的故事到这里就结束了。不过我对他仍有一个疑问：这位看起来一切都很完美的宋为什么会完美地破产？想了解其中缘由，还得回到第一次见他时的那个严冬时节。

宋穿着一身笔挺的西服来到书店，他眼神凌厉，嘴唇紧闭，给人一种难缠的印象。我问他找书的缘由，他摆出一副阴冷的表情，仿佛武侠小说中的角色，杀气腾腾地说了些莫名其妙的话。

"……我在流淌的岁月、酒和黑暗中醉得厉害。我的血管饱受摧残。"

他把张锡周的这本《完全主义者的梦》从头到尾背了一遍，字句之间毫不迟疑，如歌唱般吟诵。这首诗的篇幅不短，但他背得一字不差。

"怎么样？背得很完整吧？不对，这应该叫完美。呵呵。"

宋把眼睛睁大，朝我眨了眨，仿佛炫耀一般。我知道这首诗的题目，但并不知诗中内容，因此我也无法确定他是否真背下来了。于是我打开电脑，在搜索栏中输入"完全主义者的梦"。有人在博客中贴了这首诗的全文，我一一对照之后发现宋并未背错，他果真一字不差地全背了下来。

"真厉害啊。我以前上学的时候最头疼的就是那些要背书的科目。不得不说，这太神奇了。"

他微微一耸肩膀，仿佛不以为意，说："其实这也没什么的。不仅是刚才这首诗，我能把那本诗集里的诗全背出来。而且这样反倒方便，不用把书装在包里，在这里就能读诗。"他伸出修长的食指，用指尖在太阳穴的位置敲了敲。

"反正您都已经背下来，装在脑子里了，为什么还要找这本诗集呢？而且我个人觉得，您对这本诗集的喜爱，都已经到背下来的程度了，那岂不是早就应该有这本诗集了吗？"

　　"您说得对，以前是有的。大约十年前吧，我把那本诗集扔了。之前家里有间很大的书房，后来我把书房里的书都扔了。那时候我开了一家小企业，结果破产了。说得通俗一点，就是黄了。我离开首尔的时候很狼狈，像是逃亡一般，所以把东西都草草处理掉了。"

　　宋说那些扔掉的书中，他只想找回这本《完全主义者的梦》，并向我讲述了一个这样的故事。

　　宋的父亲非常严格。那时，年幼的宋若犯下错误，或成绩下降，就会引来父亲的怒火。"这是一个弱肉强食的世界，你不进步就会落后。"宋的父亲不厌其烦地重复着这套逻辑。宋害怕父亲，于是把自己训练成了一个完美主义者。

　　"我父亲现在已经离开人世了。但他的确是一个完美的人。他自己以身作则，就像哲学家康德那样，任何事都非常严谨，一丝不苟。尤其是在时间管理方面，我到现在仍受他的影响。他总是说，假设人的寿命是一百年，一个人在一生中能做多少有意义的事呢？就拿读书来说，一个人一辈子不做其他事，只专注于读书，也无法读完全世界出版的所有书。人可以通过努力实现任何成就，但无法跨越时间的局限。所以想要过上好的生活，首先就要严格地管理好有限的时间。我不知不觉对父亲的话有了一种类似宗教信仰般的信任。其实也得益于我一直遵从他的话，从来没有在任何事情上失败过。"

这本《完全主义者的梦》是宋高中时候遇见的一本书，他当时被这直白的书名吸引，一时兴起便买下了。不过真当他读了这些诗歌，才发现其中满篇都是自己无法理解的语言。宋很懊恼，却如同一贯般对这本诗集产生了强烈的征服欲。于是他不管诗中内容如何，便开始一味地背下这些诗。一个月的时间，这位年轻的完美主义者手不释卷，背下了诗集中的所有作品。

这件事给宋带来了巨大的自信。那本诗集如同一道护身符，宋随时随地都带着。尽管他无法理解诗歌中的含义，但完全征服一本书的胜利感足以让他陶醉多年。

"那时候我的确气势如虹。不论是考大学、考资格证、进大企业，从来没败过。我以前觉得这都是我从小对自己严酷训练和不断努力的成果。即便从公司辞职，刚创业的时候，企业的发展也是相当幸运的。"

宋一口气说完这些话，稍稍顿了一会儿。他认为自己是一个完美的人，他也相信能把自己的世界塑造成一个完美的世界。宋在二十多岁时为自己列了一个清单，清单上写着他这一生要走的路，以及路程中要实现的目标。虽然路上有时也会出现分岔口，引诱自己偏离既定的路线，但每当如此，宋就会想起父亲的话。

"人生苦短无回头。"

一句如此决绝的话，在宋的心里却如同驱动世界的物理法则。人的生活中有许多路，而且无人能断言哪条路对，哪条路错。前进也好，转弯也罢，始终只有一种结局，即人走到最后只能经历一条自己选择的路。转个弯发现前路不对，再想走回原来的路口重新选择，已是不可能了。宋非常感激父亲让他领悟到了这些人生真理。

然而宋的事业由于一个偶然的原因骤然一败涂地。他无法理解这一切。他曾经在首尔市中心拥有一幢大楼，但现在只能租一套两居室住着，这一前一后才不过一年时间。宋感到非常痛苦，他从来没计划过这种情况。在他的人生中，这些都是不应该发生的事。

"我离开首尔之后四处辗转，做着各种杂活儿来还债。我就这样做了十年，到现在都没把债还清。我现在一无所有，却突然开始怀念年轻时候喜欢的那本张锡周的诗集。这本诗集就像我的朋友，有了这本诗集，我就觉得自己能积极乐观地做好任何事。所以请您一定帮忙找到这本诗集，谢谢。"

说完，他深深叹了一口气。我答应一定会帮他把书找到。我见眼前这个完美破产了的完美主义者想要的只是一本诗集，莫名动了恻隐之心。

我说："很快就会柳暗花明的，加油吧！"

这时，他的表情已经比刚才进书店时柔和了许多。

"其实我对现在的生活更满意，因为我已经领会到这个世界应该是一个有价值的世界，而非一个完美的世界。与其不断逼迫自己出人头地，倒不如爱己爱人，一起携手同行。现在的我既不是完美主义者，也不是完全主义者。我只是能够慢慢地理解年轻时读不懂的那些诗罢了。这让我很开心。"

说着，宋又开始背诵起另一首诗。

"朋友啊，把我们吊在树上的是什么？是锁链？还是爱？"

这首诗叫《致爱人》。我听着他的声音，似乎感受到了他所领会到的"固然热爱自己，但更爱这个世界"的意思。宋吟诵得很投入，仿佛这首诗是他亲手写的。我慢慢闭上眼睛，用心听着这首诗，而窗外冬日的严寒似乎被这诗意稍稍化开了些。

半年后，我和宋再次相见。我决定把找来的这本诗集的初版暂时放在我的抽屉，等他先满足了我的好奇心再说。他真能完完整整地背下这本诗集吗？这是人能做到的吗？据说在美国耶鲁大学任教的著名文学评论家哈罗德·布鲁姆也背诵了大量的诗，所以我也不能断定他的话就一定是谎话。

宋想要的诗集已经找到了，我打电话联系他来书店取书。

"还有，到时候我想确认一下您是不是真能把这本诗集背出来。"

"只要您想听，去书店取书时我从头到尾给您背一遍。"

"倒也没必要从头到尾。我不是想考您，我只是好奇，想知道您是否真的把这本诗集都背下来了。能背下一本书，我估计任谁都会觉得很神奇吧。"

"您都已经帮我把诗集找到了，我自然很乐意满足您的好奇心。到时候我们在书店见吧。"

宋的声音透过电话听起来有些干涩。我和他约定好了背诗的规则。我将诗集中每一首诗的"首"和"联"的顺序排好，我向他提示"首"和"联"的序号，他则背诵出这首诗的题目，以及该诗中相应"联"的句子。比如我说"第十六首的第三联"，他就背出诗集中第十六首诗的题目，以及这首诗第三联的句子。

于是就有了故事开头宋零失误、零迟疑通关的场景。虽然难以置信，但不得不信。我把诗集交给他，和他握了握手，今日之事就这样结束了。

不对，还没结束，我还有件事想问。他已转身要走，而我却把他叫住。

"如果可以的话，我能再问您一个问题吗？"

"当然，您尽管问。"他看了看手表，说，"不知道您想问什么，但我大概还有四分钟可以回答您的问题。"

"我想问您的企业。您不是说准备得很完美，进行得很顺利，赚了很多钱吗？但后来怎么就突然黄了？难道不应该是一份完美的事业吗？"

"您想问这个，那我回答都不用三十秒。"他又看了看手表，随即答道，"这世界本来就不是完美的，只是我以前不知道这个事实而已。"

宋笑了，放声大笑，我从未见他笑得如此豁然。接着他又说："如果这个世界是完美的，那么张锡周也就不会写诗了，甚至都不会有诗歌。不过现在明白了，我虽然把诗都背下来了，但从没用心感受过。所以我才想找这本诗集，想好好用心去读。"

宋拿着那本旧诗集，荣光焕发地走出了书店。有所领悟的人，神情总是这般明净。我向往这样的神情，不完美，但拥抱着完整的爱，让人感到温暖。相信我也会有这样的一刻。不过在此之前，我会一直守护着这间书店，如诗般明净，直到我的身心能够理解这复杂的世界。

此生唯一的朋友

《狱中沉思》
申荣福著
阳光出版社，1988 年版

　　书店虽不经营邮购业务，但我每天都会在网上看有哪
些新书上架，有时一天要刷上好几遍。如果你想问我一个
开旧书店的为什么会对新书感兴趣？简单来说，其实是因
为旧书一开始也是新书。这答案够糊弄吧？但只要我把缘
由说明白，我相信你会恍然大悟，点头表示赞同。

　　人为什么会在旧书店买书？其实最大的原因还是书卖
得便宜。书已经过了一手，二手书当然便宜。但并非所有
二手书都便宜。有时二手书的价格比原价卖得更高。书的
内页有著名作家的亲笔签名就是最好的例子。即便没有作

家签名，如果书绝版了，价格也会相应上涨。当然了，也不是任何书一绝版就会涨价，只有想买的人多，价格才会上涨。可以说旧书的世界也遵循着自由市场的经济体系。

从旧书店的立场来看，只有出售价格昂贵的绝版书才能提高收益。如何能收到更多高价的绝版书，就要看旧书店老板的能力了。然而这并非全部，还有最重要的一点，就是每天要查看有哪些新书上架，并以此为由将绝版书高价出售。这一点非常麻烦。

因为绝版书也不意味着能一直卖出高价。一旦书出了修订版，此前身价昂贵的绝版瞬间就成了旧版，让人听着寒酸。修订版一出，现有的绝版没了稀缺性，价格自然会跌至原价之下。倘若旧书店老板连一本书出了修订版都不知道，仍以高价当作绝版出售，不仅会给客人添麻烦，还会被人说"这老板不懂行情"，肯定留不住回头客。所以开旧书店的人要时刻留意有哪些新书上架，发现出了修订版，就要相应调整旧版的价格。

不过即便出了修订版，也有人会特意找旧版。至于原因就很难说了。人为什么非要找某一本书？因为即便有了世界上所有的书，人还是会想要另一本书。博尔赫斯的《巴别图书馆》不就是这样一个无限增殖的宇宙吗？书的宇宙！还有一本绝版书呢，可能就在某个地方……

这位客人看着比我大五六岁，像是一名普通的公司职员。他在店里逛了好一会儿，接着用一种很平淡的口气问我是否有申荣福的书。他说他想找申荣福先生的《狱中沉思》，而且一定要初版。所以一到周末不用上班，就会来旧书店转悠。

"您为什么想要初版呢？枕石出版社出了这本书的修订版，您知道的吧？"

这本书固然著名，但如果没有作家的签名，其实初版也没有太大的意义。修订版不仅收录了全书所有的内容，还把初版中漏掉的"回忆请愿会"的那一段补上了。这人想找初版，我估计他肯定有些别的缘由。

"初版是 1988 年，阳光出版社……"他语焉不详。

这位客人姓韩，这本书刚出版的时候他还是大学生，而且他也知道现在有修订版。韩先生似乎在回忆些什么，微微抬起头，看着我背后的书架说："80 年代读大学的那一批学生也不是全都在搞运动，也有像我这样消极的人。同学们去游行的时候我在图书馆学习。他们拿学业警告、要重修学分的时候，我已经按部就班地毕业，找到工作了。我从那时候一直到现在，也算过得平平稳稳。"

话虽如此，但这也不能算作他想找书的理由。别人抗争游行，他只是没参与而已，不能算作他的错。

"当时有个朋友让我读这本书。但他只是把书名告诉我，并没给我书。我一听书名叫'狱中沉思'，就觉得有些别扭。于是把他的话当耳边风，也没想着要读。现在我已经记不清那个朋友是谁了，只记得有一段时间我们走得很近。"

说罢，韩先生长叹了口气。我能理解他的心情，不过也觉得其实放下也无妨，毕竟一桩小事，而且已经过了几十年。

"那时候我还小，其实没什么印象，但我知道那个年代确实很艰苦。狄更斯有一本小说《艰难时世》，我想应该就是那种感觉吧？不过时移世易，我觉得您可以看开一点，这样也轻松些，不是吗？"

"确实很多年了，但我还是看不开。毕竟那时候我是真心厌恶这帮人。那个朋友给我推荐申荣福的书，还向我介绍他是个了不起的人，说他之前是陆军士官学校的讲师，被冤枉判了间谍罪，坐了二十年牢。我当时的回应非常冷酷，而且那时候我就是这么想的。不是有句话叫'恶法亦法'吗？既然那人能被冤，他要么做了些能被冤的事，要么肯定犯了其他更严重的事，总之被关进去也不冤。反正这个叫申荣福的不是个一般的学者。不管他们怎么说国家搞独裁，上面的人总不会开玩笑似的，为了把一个人关进牢里，罗织出一大堆证据吧？如果独裁国家的法律是恶法，那就应该把修法的力量培养起来，而不是去扔燃烧瓶、挥棍子。我对那个朋友说：'你们用独裁的方法对抗独裁，都是暴力，没有区别。'

我和他因为这件事吵了一段时间，后来就没怎么来往了。"

我见他情绪激动，于是便说："您当时的心情应该很复杂吧？"可他却沉默了好一会儿，没再接着往下说。

"所以，那之后您就把这本《狱中沉思》给忘了？"我问道。

他摇了摇头，说："虽然我对那个朋友说了这些话，但其实对这本书还是感兴趣的。一个坐了二十年牢的人写的书，即便写的是部小说，应该也是有看头的。朋友之前说去学校前面的书店就能买到，所以大约过了一周，我去了他说的那家书店。不过在书店又发生了另一件事，我至今都没和家里人说过这件事，说来挺惭愧后悔的。"

韩靠着椅背，眼睛闭了一会儿又睁开，估计是在回想当天书店发生的事。我把本子翻过一页，准备把他的话记下来。

"那天下午我去书店时已经有些晚了。书店叫'社会科学书店'，这种书店当时很常见，学校附近尤其多。但是我对社会科学没兴趣，所以从来没去过，每次买书都是去市中心的大书店买。我打开书店门进去一看，里面的氛围很奇妙，小小的空间里满满当当全是书，简直分不清是一般的书店还是旧书店。书店里有几个学生在看书，我问老板《狱中沉思》在哪儿，老板笑盈盈的，从书桌下面拿出一本书给我。老板说：'同学，你是来参加聚会的吧？

来，到这边来。'然后拉着我的胳膊就往里走。我有些慌，但来不及反应，连话都没来得及说，就被老板拉着进了隔壁一间小房里。那房里已经聚了有五六个和我差不多大的学生，手里都拿着和我一样的书。我一进去，他们就'欢迎啊''赶紧进来'地给我打招呼。我畏畏缩缩地解释说：'好……好像有些误会吧，我只是来买书的。'他们可能觉得这场面好笑，一个个拍着手大笑起来，就连领着我过来的书店老板也在后面笑。我被这气氛带得也跟着笑了。他们说，反正还有个位子，让我坐一坐再走。我一看那地方本来就小，里面的人肩挨着肩，要把膝盖抬起来才能坐得下，也不知道是哪儿还有个位子。"说着，他微微笑了笑，心情似乎轻松了些。

韩无意中加入了申荣福的读书会。他说他当时非常尴尬，但也坦言，那一刻他感受到了久违的人情温暖，愉悦的氛围让他内心温热。

"您刚才说的也谈不上什么惭愧后悔啊。反而像情景剧似的，很有趣呢。"

"我惭愧后悔的是我在读书会上的行为。"

韩收起嘴角的笑容，继续平淡地说道："当天是读书会，但来的人全都没读过这本书。那天是第一次聚会，所以每个人简单做了自我介绍之后，只是谈了谈自己以后参加读书会的决心。我当时非常自我陶醉，其实我到现在都不知道自己当时为什么那么得意。可能是因为有女生在场，想展示出自己好的一面吧。我说，申荣福之前是陆军士官学校的教官，因涉嫌参加了一个名为统一革命党的秘密组织而被调查，最终被监禁。当时在场的人都没读过这本书，所以听到我说这番话时，他们都很惊讶。我当时心里挺高兴的，觉得自己有些厉害。我之所以知道这些，是因为那个朋友向我推荐这本书时我把他的话记了下来。不过我说得好像自己都知道似的，张嘴就来。不止这些，那天我还和他们一起狠批政府，他们一提到马克思、恩格斯这些名字，我就在旁边帮腔助势，虽然我平时对这些人根本不感兴趣。甚至读书会结束后，我还和其中一个女生单独约出来见了两次。"

韩先生在这种自满的情绪中沉醉了一段时间，之后便再也没去过校门口的那家书店。他找各种各样的借口不出席读书会活动，之前在读书会上认识的女生自然也慢慢疏远了。这故事听着淡而无味，却是韩先生大学时代唯一能留下记忆的事。正如他一开始所言，他接下来的日子过得平平稳稳，无非养家糊口，遇事无生枝节，生活亦无短缺。不过这样的生活却少了一件重要的依托。

"其实，我没有朋友。虽然在公司也能认识人，但那些人更像同事，不是朋友。有时我想起自己一个朋友都没有，觉得挺失落的。我想把读大学时候的那个朋友推荐的书找来读，但老版已经绝版，现在只有新出的修订版了。所以没办法，我只好买了修订版来读，但这也不能算作是他推荐的那一本。想再回到那个年代已经是不可能了，但我只想读他当时推荐的那本书。虽然我曾经讨厌那本书，但回头想来，那本书才是我大学时代唯一能留下回忆的朋友。"

虽然这本书是几十年前出版的，但找起来并不如想象中那般困难。有次我在周边的旧书店找书时无意中就找到了，前后花了不过两个月时间。许是这本书当年太过畅销，如今在市面上流传得多吧。我联系韩先生来取书，他还是那般平淡的口气向我道谢。

"谢谢。其实我没抱多大期望，没想到真能找到。这本书……"

他话说一半又咽回去，等他把书放进包里，开门准备离开时，才开口对我说：

"这本书还是以前的样子。已经过去几十年了，但我仍然记得。这本书仿佛知道我的想法、我的行为，知道我为什么惭愧后悔。其实真正在狱中的不是申荣福先生，而是我，我一直把自己关在一座思想的牢笼之中。"

我看着韩先生离开书店的背影，一边思索着这本书对于他来说究竟意味着什么。我想，那不仅是一本书，而且是一个被遗忘的朋友。那是年轻时天马行空的梦想，也是一扇通往宇宙的窗户。希望这次的重逢能为韩先生抛开往日的惭愧后悔。为什么有人会特地找旧版书？因为有些事只有老朋友才能安慰。

认识的哥哥

《未确认尾行物体》

岛田雅彦著，金兰周译

正岩文化社，1994 年版

缘分有时就像书桌里的一张旧照片，偶然被翻出来，仿佛不足为道。但照片中的场景对于有些人来说却是一生都无法忘怀的。假若人生是一场电影，这样重要的场景也就寥寥几个镜头，匆匆就过了。有段时间我和徐哥走得很近，今天我想说说曾经和他一起找某本书的故事。

我大学学的计算机工程，毕业后很快就在一家 IT 企业找到了工作。那时候创业型公司很受欢迎，不过我并不喜欢整天坐在椅子上盯着屏幕，于是辞去程序员的工作，找了一家出版社。但出版社也不适合我。从那时起，我就意识到自己对新书没什么兴趣，喜欢的是旧书。所以在出版社工作了两年就没做了，接着在金湖洞的一家旧书店开始上班。

那时，金湖洞附近有许多小巷子，周边的氛围很宁静。不过现在那一带已经被开发得很漂亮，住宅楼鳞次栉比。当时我上班的那家旧书店的规模相当大，除我之外还有十多个员工。

我入职没多久，店里就为我筹划了欢迎新同事的聚餐。与 IT 企业和出版社的人不同，这里的每一张脸都充满了活力，让人感到愉悦。IT 企业的人做着最尖端的技术，出版社的人看着最新出的书，而旧书店的人整天和一屋子二手出版物打交道，常常是汗牛充栋，但他们的神情却比那些"最新""最尖端"的人开阔得多。

我至今仍记得当天聚餐时的情景。聚餐安排在晚饭，大家轮流自我介绍，气氛很自然。我也是那时候认识徐哥的。徐哥的眼睛很大，但脸型修长，长得有点像阿尔贝·加缪，身材如运动员一般，没有赘肉。同事们聊着笑着，唯独徐哥不怎么说话。轮到他做自我介绍时，他也只是介绍了自己的名字。我心想，这人真神秘，就像一本还没翻开过的书。而我却一直没找到机会和他熟悉。

后来我和徐哥是因为摩托车才熟悉起来的。那时我住日山，每天骑摩托车到金湖洞上班。有次我和徐哥聊着，他说他也喜欢摩托车，来旧书店工作之前曾在一家摩托车杂志担任自由撰稿人，写摩托车试驾稿。

我们一开始聊摩托车，后来又聊了许多别的。他说他是在海军陆战队服的兵役，喜欢去偏僻的地方旅行，所以服完兵役之后去过几次非洲。他还说他喜欢加缪、尼采、博尔赫斯和朴常隆。听说他把房子租在了三清洞，家里堆满了绝版书。不过几天，我和徐哥就已经很熟悉了。他比我大几岁，我也是从那时候开始叫他徐哥的。

说来难以置信，旧书店的员工下班后经常会去逛别的旧书店。本来已经扎在旧书堆里上了一整天班，结果下班还去别的旧书店看书。我一开始觉得奇怪，不过很快就适应了。如同公司组织员工聚餐一般，同事们每周会约个两三次，大家一起去旧书店买些书。就这样一群爱书的人做着和书有关的工作，自然神采奕奕，脸上充满活力。

我们常去的地方是新村的"孔氏书店"和"隐之书"。隐之书的老板之前在一家很著名的出版社工作，后来自己开了家旧书店，所以店里经常有很多好书。我们管这家店叫"隐书"，经常光顾。

我那时候和现在一样，对人生故事感兴趣，所以之前收藏的自传、评传和日记差不多都是在隐书买的。比如根深树出版社出的"隐居老人"系列和"民众自传"系列，一般只要看到就会买，还有诗人高银写的《李仲燮评传》，包括70年代翰林出版社出的二十四本《世界大回顾录全集》中的几本，这些都是在隐书买的。徐哥经常会挑开放之书出版社出版的俄国文学系列来买，而且我经常见他选萨特和加缪的书，可见他的喜好的确偏向于欧洲作家。

有次我在书店挑书，徐哥离我有点远，他招手让我过去。我过去一看，他手上拿着让·格勒尼埃的《岛》。徐哥看着我，手指轻轻敲了敲书的封面，说："诗人，张锡周。"我接过书，只得愣在原地。他怎么冷不丁说起张锡周？徐哥的话不多，而且每每说话还都很含蓄，想与他交流就得推测他话语中的隐性意味，只是有时推理起来并不容易。

这本书是清河出版社出版的让·格勒尼埃选集中的一本。我把书翻开，发现版权页中发行人的名字是张锡周。原来徐哥是想告诉我，发行这套让·格勒尼埃选集时，张锡周在这家清河出版社上班。我看他手里还拿着清河出版社出的另一本书，是尼采的《瞧！这个人》。

我们一人买了几本书，打算要走。但走出书店时徐哥又把我叫住，他从买的书中拿出一本给我，说："这本送给你。"我接过书一看，是日本作家岛田雅彦的小说，叫《未确认尾行物体》。我没听说过这本书，而且连这个作家的名字也不熟悉。于是问："徐哥，岛田雅彦是谁啊？"

徐哥说："岛田雅彦就是岛田雅彦。"然后转身进了地铁口，直接走楼梯下去了。岛田雅彦就是岛田雅彦……

这算什么回答？他是认真的吗？看来我又得调动起自己的推理能力了。

这本《未确认尾行物体》的篇幅不长，那天睡觉之前差不多就读完了。而且故事情节也不复杂，说的是一个名叫卢西亚诺的人做了变性手术，喜欢上了一位已婚的妇产科医生。卢西亚诺一直尾随这位医生，徘徊在他身边。当卢西亚诺知道自己得了艾滋病之后，终于向医生表达了自己的爱意，然后就自杀了。后来医生得知卢西亚诺把自己的遗言录成了一段影片，医生看了遗言之后决定前往艾滋病患者的聚集地，去寻找一些能对他们有帮助的事来做。故事就这样结束了。

起初那位妇产科医生非常排斥卢西亚诺跟踪自己，觉得这个叫卢西亚诺的根本不是人类，而是外星生物。所谓"未确认尾行物体"，其实说的就是卢西亚诺的外表像人，但内里却是外星生命体。

我另外查了一下，这本书的作者岛田雅彦当时是一位风头正劲的新锐作家，在日本很受关注。后来这股风也刮到了韩国，90年代出版了好几本他的译作。只是十多年后的今天，岛田雅彦的书大部分都绝版了。不过也对，除了村上春树，还有谁的书能在韩国这块地方长盛不衰呢？

我想了好几天也没想明白徐哥为什么把这本书送给我。没办法，只能找个机会直接问他了。

隔了差不多一月，我们又去了隐书。徐哥在离我不远的地方挑书，我心想，现在正是个好机会，于是朝他走了过去。但走近一看，我发现自己更看不懂了。他手里又拿着一本《未确认尾行物体》，和之前送我的一模一样。我完全搞不懂他什么意思，于是问道：

"徐哥，你又买一本一样的啊？上次你送我的我已经看完了，如果你要这本书有用，那我还给你？"

"不用。那本书是送你的，你就拿着。"说着，他把刚才挑好的几本书，连同那本《未确认尾行物体》一起放在了收银台上。

我实在好奇得无法忍受，于是和徐哥一起坐地铁回家时终于向他问起了买同一本书的事。但徐哥并没有回答我，而是如往常一般，拿一些简短的话语把我的问题搪塞了过去。他是嫌我烦吗？他该不会把我当成小说里的卢西亚诺，觉得我是个怪人吧？我胡思乱想着。

地铁开到安国站，我该下车了。这时徐哥问我要不要去他家喝一杯。我属实意外，完全摸不透这人的想法。

徐哥家是一座典型的三清洞韩屋，带着一个小院子。他家里的书不少，客厅和里屋都摆满了，感觉他好像除了书之外没有其他生活。徐哥拿着一瓶洋酒从里屋走了出来，酒还剩一半，说是一个朋友送的。他另一只手拿着五六本书，我一看，全是同一本书，于是惊讶道：

"这些全都是岛田雅彦的书吗？徐哥，你是在收集这本《未确认尾行物体》吗？"

"嗯，算是吧。"

什么叫"算是吧"？这说法也太没诚意了。我拿起酒杯，喝了一口杯中的烈酒，心中暗自决定，今天他若不说出个所以然，我是绝不会从这扇门走出去的。

"其实也不是什么了不得的缘由……"徐哥也端起杯子，喝了一口酒，轻声说道。我坐在廊檐下的木台子上，准备听他如何说。

"以前读大学那会儿有个朋友经常和我一起骑摩托车。那家伙的性格虽然有些抑郁，但我和他看书看电影的喜好都差不多，所以经常见面。有次他骑摩托车去江陵，结果出了车祸。他当时戴着头盔和手套，穿着骑行服，防护装备一个都没少，但事故太严重，人伤得很重。我去医院看他，他的伤势比我想的严重。医生说他即便恢复好了，也不可能像以前一样骑摩托车，甚至连走路都有困难。他动了几次大手术才出院回家。我原本以为他要一辈子躺在床上了，但后来还是勉强恢复了些行动能力。不知道该说是不幸还是万幸。"

说到这里，徐哥深深叹了口气，接着又倒了杯酒，一口喝了下去。我向院墙之外的天空看去，夜色已深，星星在夜空中闪烁，蟋蟀的叫声伴随着徐哥说话的声音，我的心里有些激动，于是闭上眼睛缓了一缓。

"他整天待在家里也无聊，所以让我帮他买些书。他喜欢南美小说，我就寄了几本博尔赫斯和马尔克斯的书过去。那时候日本作家岛田雅彦的书正当红，国内刚出了韩文版，他想让我帮他买，但中间出了点岔子。当时我帮摩托车杂志写稿子，有个选题是介绍外国的骑行路线，所以我赶着就出国了。回来之后又忙各种事情，一直没帮他买书。有好几次看到本子上写着的'《未确认尾行物体》'，我心里想，下次得买了帮他寄过去，可一直拖着没买。那段时间我忙得晕头转向，但没想到传来的是噩耗，他自杀了。"

徐哥的口气非常冷静，一开始我还以为自己听错了。我不知道这位有轻微抑郁症的朋友是否难以接受自己再也无法骑摩托车的现实，还是由于其他原因，总之他做出了最糟糕的选择。

"我想他当时已经下定了决心离开这个世界。他走之前把自己读过的书都送了出去，什么都没留下。如果当初我帮他买了岛田雅彦的书，或许就不会有这样的悲剧发生。我总觉得是我把他逼上了绝路，心里难受了很久。后来我辞去杂志社的工作，游游荡荡了好几年，但一直没办法放下内心的愧疚感。我想去书店买那本《未确认尾行物体》，可书已经绝版了。"

所以自那之后徐哥每次去旧书店，只要见到这本《未确认尾行物体》，就会买下送给周围亲近的人。他是想通过这种方式让自己走出自责吗？或许这是他缅怀故友的唯一途径。

说完这些，周围的世界如同约定好一般，悠悠地静了下来。院子里没有一丝风，我觉得有些尴尬，于是调整呼吸，亮着嗓子说了一句："徐哥，以后我看到这本书，就都帮你买下来给你吧。"

徐哥说："那多谢你了。"接着他又喝了杯酒。

想来这事已经过了将近二十年。我在那家旧书店工作了差不多两年。辞职后没多久，就用自己的名字开了家旧书店。后来金湖洞的开发项目进场，书店要搬去京畿道的水原市，徐哥没跟着去，也辞职了。

徐哥时常经过我这儿。他经过我这儿就会来我店里转转。我说过要帮他收《未确认尾行物体》，所以店里只要进了这本书，我就会单独帮他留着，等他来时再给他，而且也没想过要收他的钱。徐哥说自己不好意思白拿我的书，所以经常请我吃饭，要不就是请我喝酒。他说他辞去旧书店的工作之后在首尔站给火车装卸货物。这工作是个体力活儿，但他笑着说，在旧书店搬书时的劳动强度和这也差不多。

徐哥最后一次来我的书店是 2016 年夏天。他说，他还做着装卸货物的工作，还平白无故地说羡慕我开了家旧书店。他送了我一个非洲原住民做的手工艺品，是一只小骆驼，还送了我几张坦桑尼亚的纸币，还有一枚一百卢比面值的印尼硬币，谢我帮他找了这么久的书。

"这硬币是我去印尼旅行的时候得的，说是能测运。你以后要是有什么事不好拿主意，就拿它来抛一下，挺合适的。"

徐哥离开书店时如往常一般笑着朝我挥手，只不过那是最后一次。

那年秋天，徐哥癌症扩散至全身，突然就走了。一个健健康康的人，不到五十岁，怎么就突然离开了？我难以接受。我想他的病已不是一两天，而且他早就知道自己的病情，或许他夏天来见我就是来向我道别的吧。

那天徐哥回去之后，我在家抛着他给我的那枚一百卢比的硬币，其实也就图个好玩。我问硬币：徐哥还会来吗？正面会来，反面不会来。结果抛出来的是正面，意味着徐哥还会来。但徐哥始终没有再来过。真是枚糊涂硬币！

不过自那之后每当我四处找书，偶然发现《未确认尾行物体》时，心里就很欣喜，就好像徐哥回来找我似的。难道当时抛出正面是这个意思？即便人已经离开，但并不意味着诀别。

我脑海中浮现出《未确认尾行物体》的最后一个场景，被卢西亚诺尾随的佐佐木医生似有所悟，然后喊道："我要去非洲！"我想徐哥肯定也去了那儿，或许他正悠悠地看着广阔而安详的草原，说不定这会儿正和之前已经先去非洲的那位朋友一起骑着摩托车，只是这些我都无从知道罢了。

济州岛的夜和记忆中的汉拿山

《纵有疾风起，人生不言弃》
李祭夏等著
文章社，1977 年版

　　我认识的人中，老河算是个怪人。老河也做二手书买卖，但他没有店面，而是将书装在一个带轮子的行李箱里，到处流动售卖。所以我之前干脆叫他"卖书郎"，可他并不喜欢这个绰号。有次他说："你还不如叫我'书之狂魔'。"我一时听错，问道："啊？什么书？什么魔？"

　　老河穿着朴素，还有些驼背，如果有人在路上遇见他，肯定会以为这人是个流浪汉。不过当他谈起书时，眼睛就会瞪大，看起来相当凌厉，像是刚从实验室走出来的博士，有些吓人。

我有他的电话号码，但这位怪人从不接电话。一开始我以为他只是不接我的电话，心里还有些不是滋味。后来才知道他的手机一直都是静音模式，谁的电话都不接。等他什么时候有心情了，再从未接来电的号码中挑几个回拨过去。当然了，挑谁，不挑谁，也是没个准的。有时我打电话给他，想问他一些关于书的事，但等他回信，快则需要几个礼拜，慢则要等上好几个月。电话一接通，他还像个没事人似的问我："你打电话找我什么事啊？"我估计大千世界没有比他更让人抓狂的怪人了。但有时我还是会联系他，因为在书的世界里，他可是个专家，而且相当渊博。尤其是绝版书，可谓无所不知。

不过我最近改变了策略，不再打电话，而是直接"杀"去能找到他的地方。老河经常拖着行李箱，在光化门、新村、弘益大学、上岩洞等地出没。他去哪儿，不去哪儿，自然也是没个准的。不过他会挑人多的地方摆摊卖书。虽说是摆摊做买卖，但他做买卖的时间也按照自己的心情来。有时在一个地方摆上三十分钟就走了，有时又能摆上三四个小时。找到他摆摊的地方，也就找到他本人了。只是他从不会把自己摆摊的时间地点告知于人，所以找起来得费点儿工夫。但即便如此，也比坐着等他回电话来得快。

有次老河来我店里，那可是千载难逢的事。我见推门进来的人是他，都不知是该高兴还是该吃惊。总之我向他打招呼时，表情管理并不成功，可以说很僵硬。他说他去了趟济州岛，在那儿待了几周。说着，他把手中的塑料袋递给我，里面是一盒汉拿峰的巧克力。

"你真去济州岛了？这巧克力不是在仁寺洞也有卖的吗？"我开玩笑地说着，一边撕开一块巧克力的包装纸。这巧克力的包装纸上散发着浓厚的橘子香味。

"我真去了，还顺便散了散心。我不敢坐飞机，所以先坐巴士去的莞岛，再在莞岛坐轮渡去的济州岛。而且回来也是这么坐的。"

我知道他是个怪人，但没想到能这么怪。从金浦坐飞机到济州岛也就一个小时，可他偏偏要坐巴士再转轮渡。而且他从首尔到莞岛，坐的不是长途客运巴士，而是公交巴士。光是辗转坐车就花了三天两夜。不过去一趟济州岛而已，为何要吃这样荒唐的苦？我看"怪人"二字已不足以形容他，这人自诩"狂魔"是有一定道理的。

"你也知道，我是那种一好奇就忍不住的人。以前有个喜剧演员叫全有成，听说他坐公交巴士就能从首尔到釜山，我想看看他的这种坐法是否真的可行。只不过我没去釜山，去的是莞岛而已。"

这位喜剧演员坐公交巴士去釜山是件逸事，传得很广，我也有所耳闻。其实无论哪个城市都有自己的公交系统，所以从理论上来说，想坐公交巴士去任何地方都是可行的，但他为什么非要亲自尝试？这人的神智还正常吗？我问他为什么非要这么折腾，他眨了眨眼说：

"有些事确实没必要尝试，但如果不试一试，就完全不知道其中是怎么回事。总之我在那里发现了一座全新的，从未有人体验过的济州岛。反正你是不会懂的，而且我估计你以后都不会懂。"

这位卖书怪人自始至终都没说自己在济州岛体验了什么，而且他送我的汉拿峰巧克力一共就十块，走之前他自己吃了七块。

我嘴里嚼着老河剩下的巧克力，想起几年前有位客人让我帮他找一本关于济州岛的书。那位客人也和老河一样，先坐巴士，再转轮渡去的济州岛，而且他还从济州岛带回了一份意外的礼物。

当时是春天，白天气温有二十多摄氏度，店里的暖风机已经好几天没开了。天气很干燥，一有人进来，门就会发出吱呀声，让人听着心烦。这样的时节正适合来一场"随便去哪儿都行"的旅行，可怜我却要看店。不过店里这么多书，勉强算我在书的世界旅行了吧。这时，店里的木门被推开，吱呀呀地响了，声音格外大。其实越是小心翼翼地推门，那木门的吱呀声反而拖得越长。

"您好，我姓周。之前联系过您的，今天过来是想找一本书。"

这位周先生几天前给我发邮件，想委托我帮他找一本书。他在邮件中说他的故事只是些琐事，估计没什么看头，并问我这样简单的故事能不能当作找书的酬劳。这么说的人，故事一般都不会太简单。反倒是那些拿着鸡毛蒜皮说事的人，通常都会装模作样地吹嘘自己的故事有多么不得了。于是我给周先生回信，说自己想当面听听他的故事，请他有空来书店坐一坐。

我本以为他不会来。因为向他人诉说自己的故事需要相当大的勇气。除非是娱乐圈的公众人物，否则自己的故事往往属于私人领域，要将其分享给一个与自己毫不相干的人，并不是一件容易的事。而且我从他邮件的话语中也看得出来，这位周先生是一个相当内向的人。

"很高兴您能来，请这边坐吧。我还以为您不来了呢。很多人只是发邮件问问就算了的。"

"我也有些纠结。之前在邮件里也和您说了，我的故事不长，恐怕连故事都算不上。"这位周先生约莫五十岁，但说起话来很腼腆，缩着身子，像个中学生。

"有时候个人觉得微不足道的琐事却能为他人带来很大的共鸣。您要不介意的话，能说给我听听吗？"

周先生想找的书是1977年文章社发行的《纵有疾风起，人生不言弃》。这本书是70年代当红的十位韩国作家共同参与创作的一部散文集。要把十位顶尖作家集结到一本书里，这事放到现在都不容易。然而几十年前就有这样的策划，实在令人惊讶。

"我是在全罗道出生长大的，一直住在全州，读高中时才来的首尔。那时虽然住在亲戚家，但父母不在身边，还是觉得很孤单。所以一放假我就会回全州，而且一起长大的朋友们都在全州，放假和他们一起玩，总觉得假期很短。"

时光回到80年代初，全州的小伙伴们都很羡慕周能在首尔上学。但周却不以为意，他觉得在这座荒凉的城市生活得很累。当时他唯一的慰藉就是首尔的大书店。他把家里寄给他的那点零用钱攒起来，每个月买一两本书回来看。

"我喜欢李祭夏的书。他还是学生时就在杂志上发表了文章。我站在书店读李祭夏的诗，那诗的开头说'我坐在青松的绿荫下读着首尔友人的来信，怀中像是拥着一片紫色的晚霞'，我的眼泪不知不觉就流下来了。我一有空就会去书店找李祭夏的书来读，而且放假的时候还会把书带回去，介绍给朋友们看。"

周的语气已经很明显，他接下来说的应该不是一个故事，而是一个事件。然而事件才刚刚开始。周每次回全州都会去市中心逛旧书店，有次他在旧书店偶然看到了这本《纵有疾风起，人生不言弃》。他莫名被这本书的名字吸引，于是翻开读了起来，只是他当时并不知道这本书的名字是从保尔·瓦雷里的诗句中摘来的。

"那本书里收录了十位著名作家的散文，其中就有李祭夏的文章，我看了挺高兴的。而且那里面还有我喜欢的作家，像金承钰、崔仁浩，这些畅销书作家的作品也在列，觉得挺自豪的。当然了，我翻开书肯定是先读李祭夏的文章，那本书里有好几篇短文都是他写的，其中第一篇就是《汉拿远景》。我乍一看这标题不懂是什么意思，读了才知道，原来是一篇去济州岛汉拿山的游记。也对，我一直没去过济州岛，看到'汉拿'两个字自然觉得陌生。"

周买下书兴致勃勃地回家，就像加缪遇见了让·格勒尼埃的《岛》。他虽没去过汉拿山，但这座山本就有名，于是窝在被子里把那篇文章来回读了好几遍。那天晚上他做了个梦，梦见自己飞过浓雾笼罩的大海，一直飞到了汉拿山。

周为自己定下了目标，他决定去一次汉拿山。但他并不想自己一人去，于是打算邀朋友们一起，体验李祭夏在文中描述的神秘光景。

"文章中说，李祭夏是坐船去的济州岛。有一段写了他在摇晃的甲板上看星星，他说：'星光在这里恣意流转。'我读着文章，一边点头感叹，诗人的表现手法果然不一般。船开了一夜，抵达济州港刚好是日出时分，可惜海上有雾，看不到汉拿山。他到济州岛的第二天去汉拿山，才真正欣赏到了汉拿山的美景。其中有一个场景，我读完之后很激动。他说他从翰林到挟才的途中看到了一场幻景。他走在路上，眼前浮现出他的三个朋友，就在他前方推搡嬉闹。他在文中说：'那之后便再也没见过这样的奇迹了。'"

周决定和朋友们一起去济州岛，去感受一下李祭夏游济州岛的体验。当时离开学还早，他虽没去过济州岛，但听说在莞岛港可以坐轮渡去济州岛，从全州到莞岛只要坐巴士就可以了。

对于性格内向的人来说，这不亚于一场伟大的冒险。周把李祭夏的书装在行囊，好似精神支柱一般，心里也踏实了许多。第二天，周就开始召集身边的朋友，看谁乐意和他一起参加这次精彩的旅行。其中有两个朋友很爽快地就答应了和他一起去。他们前前后后磨了两个礼拜才得到家长的同意，不过高二的暑假本就长，而且天气也清爽，感觉一切都很好。

"我们坐的白天的船，所以很遗憾，没看到星光'恣意流转'。但我们比李祭夏幸运一些，到达济州港时，汉拿山没有被浓雾笼罩。宽阔的汉拿山就在一座座建筑物的点缀之下延展开来，仿佛在向我们招手，欢迎着我们。这次旅行的重点是从翰林到挟才的那条路，就是李祭夏在书中写的那条路线。总的来说，挺徒劳的，我们并没有体验到他在书中描写的幻景。不过还是玩得很开心，非常尽兴地度过了那段时光。娇艳的太阳，蔚蓝的大海，还有远处的汉拿山，仿佛都是为了我们而存在。"

周一行人带的钱不多，济州岛的很多地方都去不了，不过他们都想爬汉拿山。他们带着李祭夏的书来到济州岛，登汉拿山是他们的最后一段行程。

"所以，你们去了趟济州岛，然后平安无事地回来了，故事就这样结束了？"我停下笔，将视线从本子上移开，抬头看着周说道。

"旅途中没有发生什么特别的事。而且我们都不是胆大顽皮的人。不过在爬汉拿山的时候，一个朋友说了这样的话，或许是被周围的景色打动了吧。他说，以后死了想埋在汉拿山这块地方。我们一听，都笑了。他是我们当中身体最健康，也最有运动天赋的。"

周一说这话，我便明白了他想找书的缘由。他自顾自点了点头，淡淡地说起最近发生的事。

"这位朋友几年前在工作中突然倒下，之后一直在医院接受治疗。我偶尔去医院探望，或者打电话问候的时候，他经常说起我们一起爬汉拿山时候的回忆。他笑着说，如果他不行了，让我记得遵守我们当时的约定。我知道他是开玩笑的，但每次听到，我都会很严肃地让他别说这样的话。这位朋友一个月之前走了。他离开的前几天跟他的妻子说，想让他的妻子给他读一读高中时候他的朋友跟他说过的李祭夏的那篇文章。就是那篇《汉拿远景》。当时我邀他去济州岛时就给他读了那篇文章。不过我怎么都找不到那本书，可能是搬家的时候弄丢了。所以今天才特意来找您。虽然有些晚了，但我还是想找到那本书，给他读一读那篇文章。"

我们沉默了好一阵子，似乎无论说什么都化不开此刻的氛围。我把本子合上，拧紧钢笔的笔帽，起身向他道别。

"您的故事并不琐碎，谢谢您把它分享给我。书我一定会帮您找到的。"

"虽然我们不像李祭夏那样，在济州岛有那般奇幻的体验，但那段时间我们真的很开心。如果您能帮忙找到这本书，我拿着书给他读《汉拿远景》的时候，把您帮忙找书的事也一并跟他说。如此，您也能成为这段回忆的参与者了。您看这样行吗？"周的笑容如少年一般腼腆。

我朝他施了一礼，说："能参与这段美好的回忆是我的荣幸。"

我想，等天气好了，一定要邀上朋友们一起去趟济州岛，一边分享着朋友们的回忆，旅行脚步一定会更加轻快。

来自土末村的隐秘私语

《有女人和男人的风景》

朴婉绪著

大路社，1978 年版

"人生就像一场旅行"，这句话是谁第一个说的来着？这世上有许多话都很好，不过如今我已步入中年，所以对这句话格外有感触。其实无论一场旅行的计划安排得多么周密，出发之后也很少会完全按照计划走。人有时会在预料之外的岔路口犹豫不决，有时遇到美景也会停留很长时间。因此有人说，当计划变得没有意义的那一刻才是旅行真正的乐趣。

怪不得很多人干脆不做旅行计划。这些人享受冒险，期待偶然的相遇，特意去走那些陌生的路线。而我却不同，我会尽量把行程安排好，即便到时候计划赶不上变化，有个计划在手里，至少也会安心一些。

不过有些人既不属于"计划"，也不属于"非计划"，而是根本不喜欢旅行。这些人表面上看着与其他人无异，平平常常地就生活在我们周围。他们应该算是另一种意义上的"宅"吧。

彼时正是个适合旅游的季节，一位女性客人来店里拜托我帮她找本书。这位客人看着比我年长十来岁，第一句话就挑明了自己的"宅"属性。

"我就是很典型的这种人。对旅行的认知都是从书里看来的。我从小性格就很安静，喜欢看书，不喜欢动。后来让我鼓起勇气去旅行的，是朴婉绪的一本散文集。"

尹女士平时读书读得多，试想这样一个爱读书的人要跟我说她和书之间的故事，我的内心不由得有些期待。其实，即便客人知晓我做着收集故事的工作才按图索骥地寻来，然而对于初次见面的人来说，要讲出自己的隐秘故事也不是件容易的事。不过她今天的眼神非常坚定，仿佛已经做好了充分的准备。我一时不知该从哪里说起，于是先抛出了朴婉绪的故事。

"其实我也不太喜欢出门，所以才坐在店里听别人给我讲故事，我再收集起来。不过朴婉绪 90 年代之前写过关于旅行的书吗？"

我知道朴婉绪 2005 年出过一本《遗失的行囊》，不过这本书并不需要我帮忙找，在外面很容易就能买到。另外还有一本叫《亵渎》的西藏游记，已于 2004 年出了修订版，也不需要我帮忙。

　　"其实我想找的不是她的游记，而是一本叫《有女人和男人的风景》的散文集。那本书里简短地写了一些她对旅行的随想。"

　　"那书的名字后来被改成了'让我们畏惧的那些事'。可能是之前有个很有名的日本作家也用过同样的书名出过书吧，《有女人和男人的风景》，后来出版社再出，就把书名给改了。"

　　"渡边淳一！"尹突然打断道。她的声音很明快，似乎很有兴致的样子。

　　"对，看来您很清楚嘛。就是写《失乐园》的那个作者，他以前用这个书名出过书。"

　　"我很喜欢渡边淳一的书，小时候经常读。北海道的札幌有渡边淳一的文学馆，前几年我还去过呢。"

　　"您不是说自己'宅'吗？看样子挺喜欢旅行的嘛，连日本作家的文学馆都找着去。"

　　"和同龄人相比，我的旅行经验确实不多。回想过去十年，也就两三次而已。不过这也是因为看了朴婉绪的书才出去走走的。"

"您这么一说，我更想知道您想找这本书的缘由了。您开始说吧，我拿笔写在本子上。"

尹想找的书是1978年出的初版。这本书的印刷量不多，而且后来陆续出了修订版。这种情况下，想找初版并不容易。她如涓涓细流般讲述起自己的人生故事。她的家庭环境舒适，生活并无短缺。读书时成绩一直维持在中上等，算不上出类拔萃。直到她从女子高中毕业后到了一家公司做财务，人生中并没有什么特别的事。而且读书时关系好的几个朋友性格也都差不多，所以周末有时间，顶多和朋友们一起去市中心的书店或西点店聚一聚。

然而，职场和学校可谓天差地别。尹工作后要和不同年龄层的人打交道，不过几个月，她就意识到自己完全没有社交天赋。办公室里人多拥挤，空间逼仄狭窄，这样一处枯燥乏味的地方对她来说简直如同一座监狱。

"有次公司要做一场什么活动，我也跟着参加，就一起去了汝矣岛的一场大型庆典。庆典的名字叫'国风81'，所以我记得年份，1981年。那场庆典是政府办的，有很多企业和团体都参加了，所以游客也很多。我生平第一次见到那么多人。我下车把东西搬到公司做活动的地方，四面八方都很嘈杂，我的眼睛都不知该往哪儿看。结果突然一阵头晕目眩，感觉天旋地转。"

接下来，尹的记忆就中断了。仿佛电影画面一般，再睁开眼,她已在医院,被诊断为应激性焦虑症。其实她平时并不焦虑,但经此一事,她就像被医生宣告得了绝症一般,忽然觉得自己失去了生活的意义。

"'国风 81'那场庆典可是大场面。那时候我还小,但很有印象,当时我爸妈也领着我去了汝矣岛广场。不过您是怎么被诊断出患有焦虑症的呢?有考虑过原因吗?"

"这我就不清楚了。不过后来我和医生交流,发现确实有一处可疑的地方。其实人到了陌生的环境都会慌张,不过马上就能适应。医生说我的适应能力比普通人低下。一开始我没听懂医生这句话是什么意思。但仔细一想,我好像一直都是这么过来的。读高中的时候不想参加修学旅行,就借口说生病了。读小学的时候也一样。而且每次春游秋游都装病在家。尽可能地为自己避开陌生环境。其实读书的时候还好,朋友们都在身边。不过像公司这样陌生的环境对于我来说就像一座无人岛。就好像鲁滨孙孤身漂流到一座荒岛一般,非常害怕。然而我完全没有意识到问题,直到那次去了汝矣岛广场,突然置身于一个极端陌生的环境中,瞬间就崩溃了。"

"我似乎能理解。譬如我去明洞这样繁华的地段,或者去大型超市这种陌生人多的地方,经常会头疼,有时候还会恶心。"

尹经过一段时间的治疗之后回到了公司,但她坚持不到一年，最终还是辞去了工作。曾经有段时间她不敢出门，一直宅在房间，不过这也是她一生中读书最多的一段时间。

她选了朴婉绪的散文集《有女人和男人的风景》来读。起初她被书名吸引，读完之后觉得内容也很好，于是反复读了好几遍。而且她也希望通过读书重拾健康的心态，不再为"有陌生人的风景"而困扰。

"其中有篇文章叫《独自去大自然旅行吧》，我看了之后很惊讶。我正苦恼着如何与人相处呢，作者却在文章中劝人独自旅行。"

"您和这篇文章也算是一种命运的相遇吧。毕竟文章是 70 年代写的，那是牛仔裤、木吉他，还有年轻人一起玩乐的时代。这种文化氛围下让人错开一步，劝人独自旅行，的确是朴婉绪的风格。"

"可我怕还是怕呀。"

"为什么呢？我还以为您看完那本书之后，从书中得到力量，就没事了呢。难不成还有什么问题？"

"当然有问题。我是女人呀。现如今都 2000 年了，女性自己出去旅行都不容易，更何况 80 年代。老板，您是男人，是百分之百不会懂的。即便是现在，女性出去旅行，出了事也会成为网络新闻上的热门话题。而且那时候很多新闻报道的风向都很明确，女性成为受害者是女性的错。"

"噢⋯⋯"我不知该如何接话，担心自己万一说错了什么，会毁了整个谈话的氛围。不过尹却不在意，笑盈盈地接着说了起来。她这种从容的成熟不像是从书中学来的，正如有句话叫作"合上书页才能获得真正的智慧"，我想应该就是她这样。

"我的确从书中得到了力量。不过作为一个女人，想自己出去旅行，单凭勇气是不够的。我对周围的人表现得很洒脱，说自己读了朴婉绪的书，想出去旅行，说得好像背起行囊就要走了似的，但其实在心里踌躇了一个多月。要不是书里关键性的那句话，说不定时间一久，我恐怕就打消出去旅行的念头了。"

"那句话是句什么样的话呀？"

"朴婉绪是这么写的，'大自然只会让独处的人听到它隐秘的私语'。我至今都记得这句话，而且还在下面画了线。然后我在心里想：'我从来都以为只有处理好人际关系才能真正地融入社会生活。但如果实在处理不来，那也并非我的过错。相反，当我独处时，大自然会让我听到它隐秘的私语。我现在刚好独自一人，已经做好了倾听的准备。我一定要去听一听那隐秘的私语是什么样的。'于是这才下定决心，开始收拾行李。"

"故事越来越有意思了。"我一边把她的话写在本子上，一边说道。尹的口才本就不错，我按照她的描述，在脑海中构想着年轻时的她独自收拾行囊，走向汽车站的画面。她的样子定是自信又昂然，宛如电影中的画面一般。这时，她登上一辆满是汽油味的客运巴士，把背包放在行李架上，坐下深吸了一口气，平了平心绪。接着镜头转向她手中的车票，她的目的地是……

"是莞岛。"尹说道。她稍昂起头，看了看别处，仿佛在回想当时的情景。

"为什么是莞岛呢？"

"其实莞岛不是我最终想去的地方。我想去的是南海，想去那里的土末村。所以要先坐客运巴士去莞岛，再在莞岛换乘别的巴士去南海。我只是大概计划了一下怎么去南海，至于到了南海之后要怎么去土末村，反正有地图，到时候走应该也能走过去的。"

尹屏住呼吸，我感觉她想把旅行中的细节一一说与我听，不过现实却不允许。现在到了最关键的时刻，她松了口气，接着说道：

"我觉得自己已经被逼到了一座险峻的悬崖边上，这种想法让我感到害怕。我想，如果我现在无法战胜这种恐惧，恐怕一生都要被这种痛苦折磨。我想去土末村也是因为这个地方的象征意义。我相信，如果我走到了土地的尽头，就能从艰难的过去中恢复过来，找到一个新的自己。"

尹在莞岛停留了一夜，第二天一早便登上了前往南海的巴士。到达南海之后，尹决定步行去土末村。她手里只有一本地图集。这是一条孤独而艰难的路，但为了倾听大自然的隐秘私语，尹一步一步地迎着海风向前走。月出山如屏风一般在她身后，她一路经过头轮山、达摩山、莲浦山，朝着大自然召唤的方向走去。

最后，她终于到达了土末村，同时也流下了热泪。这里是土地的尽头，再往前已无路可走。她站在这里体味着自己的心情，感受到的不是抵达目的地后的兴奋和愉悦，相反，她对生活的厌烦、委屈和怒火一下子全都涌了出来。她看着大海茫茫一片，只想放声骂个痛快。她就这样站了一会儿，又瘫坐在地上，看着远处的海发愣。也不知过了多久，海的颜色有了些许变化，她感觉海风穿过她的身体，周围只剩下一片寂静。此时，尹已是完全意义上的独处。隐隐地，她感觉有一股神秘的气息轻柔地围裹住她的身体，这是大自然向她传来的私语。

"您当时听到了什么样的隐秘私语呢？"我倾着身子问道。

或许是我听得太过投入，产生了错觉。这一刻，我仿佛能闻到海风中夹杂的味道。尹思索了一会儿，随即微笑着说道，她的语气如春风一般温暖轻盈。

"她说：'路走到这里是尽头，但你的人生旅程从这里开始。'"

我看着尹的脸庞，跟着她笑了。我已许久没有这般酣畅淋漓，听一段几十年前的故事，感受一段如此真切的情感。我没有问她自土末村的旅行结束之后，在生活上有什么变化。我想，她的生活应该就像一连串没有计划的旅行。不过看她如今的神情明媚，也就知道她从这些旅行中得到了什么，这便足矣。

　　尹离开之后，我翻开了暌违已久的朴婉绪的小说集。之前《亲切的福姬》一直拖着没读完，这会儿正适合读。其实我今天还有其他安排，不过这又何妨，就让计划赶不上变化吧。书中有生活，而生活才是真正的旅行。至于我，今天尤其想放下手中的事，到书的世界里走一走。

独创狂热者

《一个孤独的散步者的遐想》

让－雅克·卢梭著，崔硕起译

东西文化社，1978 年版

人们多次购买同一本书的理由都是相似的，但绝不买某本书的理由却各有各的不同。这句话似乎在哪儿听过。不过那又如何，有道是太阳底下无新事。其实这句话也是从一本著名的书中摘来的。没办法，想不出新东西的时候，拿别人写过的话来用，最方便。

我几天前读了叔本华的书。虽没见过他本人，但看他的书，感觉他应该是个很难伺候的人。他不喜欢引用别人的文章，不喜欢把别人的想法说成是自己的思想。而且即便他写了独创性的内容，也不喜欢用其他作家的文章来凸显或证明自己的观点。可能叔本华那个时代的作家，写书就是这种风格吧。不过现在的书籍数量和当时已经不在一个量级。也就是说，当代作家不引用他人的观点，纯粹主张自我想法的空间变窄了。

不过这也是没办法的事。我们在生活中经常引用某些东西，以至于经常不知道自己在引用什么。引用无处不在，从书中的句子到演讲中的说辞，从新闻报道、玩笑话，到广告文案。如果叔本华还在世，见到这种情形可能会疯掉。叔本华生前没什么朋友。其实我也无法断言这是他执着于独创哲学，再加上人又难伺候所造成的。不过他曾对同校任教的黑格尔恶言相向，说他是"低水平学者"。所以我怀疑，真的会有人喜欢叔本华吗？或者说，他真的喜欢过谁吗？

反正我是一个和所谓独创性相去甚远的人。我认为引用和仿拟（parody）才是真正的当代艺术。即便叔本华的灵魂显世，在我耳边斥责，我也不会理会，因为这是没办法的事。我现在写的这篇文章就引用了叔本华的故事，而且还引用了这么长一段，他能拿我怎么样？

我零零散散地说了这么多，其实是想说两个故事。第一个故事是有人经常买同一本书，或者绝不买某些书。第二个故事是我遇到了一位执着于独创性的现代叔本华。而且这两个故事都发生在同一个人身上。我姑且称这人为华先生，其实他既不姓华，名也不带华字。这位华先生的兴趣爱好是收集书籍。不过我说这是他的"兴趣爱好"，他可能会生气。因为对他来说，收集书籍是他巩固自己独创性的精工细作之一。

讲故事之前，我还是先介绍一下这位华先生为好。他是个和尚，不过也不准确。因为他说他不久前把僧籍给退了，所以应该称他为"转业僧人"？但他来书店时穿着一身灰色僧袍，手持念珠和木鱼，于是我想当然地以为来人是个和尚。我不知他具体多大年岁，不过从他脸上深邃的皱纹和灰褐的老年斑来看，这人应该六十有余。起初我以为他只是来店里化缘，便没理他，只是随意看了他一眼。而且那天店里生意不好，没什么客人，我也没有施舍之意。

不过没想到他并不是来化缘，而是来找书的。他看着我，低声问："您是这里的老板吗？"我说是。他在店里随意看了看，接着说："我看您做的是卖书的买卖，不过应该也经常买书吧？"我心中一惊，琢磨道，这人说得对啊！于是站起身来问他道："这位师傅，您是怎么知道的？"他却呵呵地笑了起来。

"我猜的，进来的时候看见好几个网上书店的快递箱就摆在门口。"

我还以为他是位法力深厚的高僧，有什么神通在身上。听他这么一说，我瞬间泄了气。我完全没有期待他会像武侠小说那样对我说："小僧途经贵宝地，见此一方祥瑞之气聚而不散，想必店主将来定能成就一番大事业。"但不知为何，第一次和这人打交道就莫名有些不爽。

华之前是个和尚，不过现在他已经把僧籍退了。我问他为什么退了僧籍却还穿着僧袍，手持念珠和木鱼。然而他只是简单解释说自己穿僧袍穿得太久，习惯了而已。而且平时手持念珠和木鱼也是因为习惯。

这位传奇般的华先生让我帮他找卢梭去世前一直攥在手里的一部未完成的作品——《一个孤独的散步者的遐想》。这本书非常有名，有许多版本，而且现在仍有新的译本问世，不过华先生想要的是东西文化社1978年出版的文库本。

"那本书不大，而且便宜，书里不仅收录了《一个孤独的散步者的遐想》，《社会契约论》和《论人类不平等的起源》也在其中。我当时在清溪川的一家旧书店花五百韩元买的。不过卢梭对我所苦恼的事给出了明确的答案。"

华说着，突然换了个话题，问我："老板，您有没有同一本书买过很多次的经验？"我说有。接着他又问："为什么呢？"

我曾经买过很多本德国作家彼得·汉德克的短篇小说集《一个作家的下午》。这本书的韩文版直到后来才出，但我前后差不多买了二十多本。其实我也没仔细数过具体买过多少本。另外，我读高中的时候在山鸣小剧场看完塞缪尔·贝克特的《等待戈多》之后就买了书，算到现在差不多买了五十多本，说不定还不止。这两部作品我都很喜欢，所以每次要给谁送点小礼物，我就会买来送人。

"您说得没错。买同一本书，就是因为喜欢。所以我也买过很多本《一个孤独的散步者的遐想》，应该不止一百本了吧。而且遇到有缘人，我就会送一本作为礼物。不过您应该也有不喜欢的书吧？我想肯定有的。您能说说是为什么吗？"

那是当然，我一个开书店的，自然有很多不喜欢的书。而且我之所以开旧书店，其实多少也是因为不想卖那些不喜欢的书。旧书店一般是自主进货，不需要通过供货商，所以旧书店一般都很有个性，每家店都有自己的特色。不过我仔细想了想，发现自己讨厌某本书的理由竟然如此之多，以至于很难一一解释清楚。比如有些作家的想法不合我意，还有些书的文风不合我的口味，甚至还有些书的封面设计，看着就不喜欢。

华听完我的看法，呵呵一笑，接着说：

"借托尔斯泰的话来说，我们喜欢一本书的理由通常都是相似的，但讨厌一本书的理由却各有各的不同。哎，其实我应该用自己独创的话来说，但还是引用了托尔斯泰的话，真不好意思。不过您不觉得这句话很有创意吗？即便用'人'来代替'书'，意思也是相通的。如果喜欢某个人，喜欢的理由往往很单纯，他们的存在本身就是一种美。但如果不喜欢某个人，那么不喜欢的理由可能就毫不起眼，也许只是因为那人的小拇指跷起来，或者脸上有颗痣，以至于那人的存在都让你讨厌。"

"也是。不过您说这番话和您要找的书有什么关联吗？"

"看来我铺垫得太多了。那我现在就来解释其中的关联吧。其实用佛家的话来说，应该叫'缘'。"

华从小就爱发牢骚，不过他这种性格似乎是自然形成的。因为他也不懂，为什么每件事都有令他不满意的地方。他高中快毕业时，有了一些所谓的领悟。在他看来，这个世界过于模式化。每个人都在跟随别人的脚步，向别人学习，然后又在这些"别人"麾下讨生活。

高三那年，华在课堂上对老师发了一顿脾气，这件事让他在学校名声大噪。当时是文学课，突然，华如同发狂一般，对老师大声说："老师，你为什么总是教别人说过的话！"面对这突如其来的状况，老师也只是看着眼前的学生发蒙，不知该如何应对。谁知华竟得寸进尺，近乎吼着说："老师！难道你就没有自己的思想吗？"

这件事让华受到了一个星期的停学处分。华的家长被叫到学校，老师建议家长带着他去看精神科，以免在学校发生更不愉快的事,并且建议他转学。直到高中毕业,他都一直在医院接受治疗,只是后来没再发生这类令人意外的事件罢了。由于华的成绩拔尖,所以学校对此事也没有过多议论。他就这样成了一名普普通通的毕业生。然而毕业典礼那天,他没有去学校。他想通过这种方式来表达自己对学校的不满。

华将寻找自己的想法,走出自己的道路作为生活目标,而不是追随别人的哲学思想。要实现这一目标,就要知道那些伟大的哲学家都曾说过些什么。这位年轻的求道者高中才刚毕业,就把自己大部分的零花钱都用于购买书籍。他从早到晚地泡在图书馆读书,放弃了读大学的机会。他花了两年时间专注于阅读,其志趣逐渐转向了佛教。

后来,他以优异的成绩考入了南山脚下那所著名的佛教大学。他认为,所有的哲学中,佛学世界才最具独创性。不过让他坚定这种信念的,却是卢梭的《一个孤独的散步者的遐想》。当时,他正潜心研究佛教经典。有一天,他在清溪川的一家旧书店发现这本《一个孤独的散步者的遐想》,并体验到了一种前所未有的震撼。他信誓旦旦地说,那书店老板以五百韩元的价格把这本书卖给他,但如果有人用五百亿韩元换他那一天的经历,他也是不会换的。

"卢梭真是个了不起的人,您不觉得吗?"华征求我的看法。我说:"那当然。"接着他又说道:

"所谓'了不起'，其实也有多重意味。我看到卢梭独创性的言行在书中被体现出来，感到很惊讶。当然了，我早前读过他的代表作，包括《社会契约论》《论人类不平等的起源》，还有《爱弥儿》。但没读过他的《一个孤独的散步者的遐想》。我觉得这书可能只是他晚年随意写的回忆录，就没读。但他最具独创性的哲学就在这本未完成的书里。甚至我还想，卢梭离世前是不是故意没把这本书写完。"

"故意没写完? 这说法倒是挺有趣的。"

"这和佛教理论也是一脉相承。我所理解佛教没有完美教义。释迦牟尼的教诲也是如此。所谓'我已证悟一切知智，众生追随即可'，其实这并非释迦牟尼的逻辑。相反，释迦牟尼让他的弟子们不断向他提问，弟子们通过这些问题才得以发展。虽然释迦牟尼达到了完整的觉悟，但令人玩味的是他并没有将自己完整的觉悟呈现出来，而是留下了一种不完整的状态。我想，卢梭可能也是这样，所以我读这本书的时候内心非常澎湃。"

然而更令人玩味的是，引导华皈依佛门的是《一个孤独的散步者的遐想》第六次散步中的一段话，而非佛教经典。

"考虑到各种方面，在魔法戒指让我做出什么蠢事之前，我还是把它扔掉为好。"

华不假思索地背出书中许多句子，可见他经常阅读翻看，对书中内容已了然于胸。他成为一名僧侣，专注于学习和翻译佛经。同时，他还收集了许多卢梭的书籍放在家中，时不时送给周围的人。如此度过了近三十年的僧侣生涯。

几个月前，华突然注销了自己的僧籍。其实不能说他是一时冲动。据他说，他的整个僧侣生涯都是为了退出僧籍而做出的准备。然而给他启发，让他回到俗世的，还是卢梭的书。

"研究佛教经典你就会发现它是一门非常独创的学问。但我意识到研究这些经典的僧人其实不可能做到独创。卢梭曾经说过，'以自身能力超越人类的人，必然克服了自身人性的弱点，否则，即便其能力与他人相当，甚至超越了他人，也只会让自己低人一等而已'。这番话让我感到困惑。作为一名僧人，我遇到了一堵难以逾越的墙，那就是人性的弱点。面对这堵墙，任何尝试都需要回归到生活，但僧人是修行者，并非生活者。"

因此，华也得出了结论，即僧侣生涯阻碍了他的独创性思考。于是他果断放弃僧籍，选择成为普通人，回归平凡生活。

"那您现在算是和佛教分道扬镳了吗？"我问道。

然而华拿起桌上的念珠和木鱼朝我展示，说："怎么会呢？我还是会修习佛经，仍然是佛教徒呀。而且我每周末都会去庙里礼佛。不过我现在看待佛教的视角确实比以前独到些了。"

听完华先生的故事后，我承诺一定会帮他找到1978年版卢梭未完成的那本书。华先生正收拾行装准备离开。

"我还能再问您一个问题吗？"

"我现在已不是僧人，也没有问禅一说，您随意即可。"

"您觉得这世上有什么东西是百分之百独创的吗？或者说，您认为的独创性到底是什么？"

"看来这个问题得有一个独创性的回答才行。"他从座位上站起来说道。

"我认为想法和行为之间没有丝毫差异，做到这两者完全一致的人才是具有独创性思考的人。"他接着说道。

"可是卢梭……"我欲言又止道。

卢梭曾写过一本伟大的书，但被很多人诟病，其原因也在于此。他在《爱弥儿》一书中提出革新性的教育思想，却把自己的孩子都送进了托儿所。我想这事任谁都会对其颇有微词。

"是的。卢梭确实遭到了很多人的批判。所以很难说他具有完整的独创性。就像他最后未完成的书那样，他的独创性是有缺陷的。不过我的目标是不留一点缺陷地创造出一种完整的独创性。"

他一脸淡然地说出这几乎不可能实现的目标。他能成为现代叔本华或卢梭吗？他会超越前人吗？华先生的话多少有些不着边际。然而卢梭时代的人见到卢梭，也会觉得他说话不着边际。同样，叔本华时代的人甚至觉得叔本华只是个无所事事、满嘴怨言的糟老头子罢了。

我为华先生的独创性目标加油，即便这个目标不切实际也无妨。他已经开始了自己的事业，而且最重要的是他相信自己。就像许多先驱者一样，他可能会受到批判，得不到认可。但如果他相信自己，就不会轻易放弃。因为信仰比任何宗教或学问都更有意义，是生命的价值所在。

梦的舞台

《收藏家》
约翰·福尔斯著，安东民译
文艺出版社，1974 年版

我在弘益大学附近的小公园里见了"卖书郎"老河。这人平时打一枪换一个地方，所以根本不知道何时何地才能找到他。不过在书的世界里，老河是个万事通。有时我需要找一些冷僻的书、作家或出版社，就会去找他，请他帮我支个招。

每次在小公园摆摊，他都会找个有树荫的角落，放一把钓鱼椅，然后弯腰坐下。"哟嗬，今天在这里摆呀？看来我来得正是时候呢。最近身体还好吗？"我向他打招呼。他见我走来，高兴地朝我挥了挥手，另一只手拿着一袋巧克力豆。我刚一走近，他就把巧克力豆的袋子伸到我面前说："这个，巨好吃！"我正准备拿一颗尝尝，结果他却若无其事地拿起袋子里剩下的最后一颗巧克力豆放进嘴里，咔哧咔哧地嚼了起来。

"我还以为你是给我吃的呢。"

"哦，刚才是最后一颗吗？这巧克力豆太好吃了，一不留神就都吃完了。等下次有了再给你吃吧。呵呵。"

这老河，估计他大脑所有的神经都专注于书的事，以至于其他方面都有了缺陷。他做这种缺根筋的事已不是一两次。我一边木然地说"没事，待会儿我自己去买一包就行了"，一边找了个地方蹲在他旁边。

"老河，你说，你是不是除了书之外，对别的一概没兴趣啊？"

"你冷不丁说这话是什么意思？又有客人来找你找些稀奇古怪的书了？"一提起"书"字，老河的眼睛一横，即刻变得锐利起来。

"嗯，是啊。要找本老书。不过说真的，除了书，你还收集别的东西吗？"

"我收集硬币。虽不是专业级别的，但收着挺有趣的。其实硬币也跟邮票一样，记录了历史。好了，别吊人胃口。快说，这次想找的是什么书。"

其实我还以为老河会说，除了书之外，对任何事都不感兴趣。结果他居然提了硬币，真没想到。我琢磨着他、书和硬币之间，肯定有些我不知道的事，就像那书里说的蝴蝶和人的故事那样。

"是一本关于蝴蝶和人的书。啊，不对，是约翰·福尔斯的一本小说。"

我脑子里开着小差，突然说错了话，结果把自己吓了一跳。但老河竟然仅凭我说错的那句话就猜出我想找的是什么书，让我非常惊讶。

"蝴蝶和人的书，还是约翰·福尔斯的，你说的是《收藏家》吧。这是约翰·福尔斯1963年出版的第一部作品。这书还挺红的，没过几年就出了韩文版。"

"对，就是《收藏家》。这本书是约翰·福尔斯作为新人作家出的第一部作品，翻译版算是出得相当早了。客人想找的是70年代的版本。"

"可能是因为那本小说出版两年后被拍成了电影，而且导演还是著名的威廉·惠勒，也就是执导《宾虚》的那位导演。当时《宾虚》在韩国可谓是家喻户晓，非常受欢迎。所以他导过的电影，连带着原著小说也受到了关注。但如果想找70年代的版本，可能要去问问文艺出版社。文艺出版社和新丘文化社在60年代后期都出版过这本书的韩文版，但新丘文化社是以《世界文学全集》丛书的形式出版的。如果这位客人当年读的是70年代出的单行本，那应该就是文艺出版社的。"

的确，老河的脑袋本就配得上"巴别图书馆"的称号。但现在感到惊讶还为时过早，他真正的本事在于他找书的方式。

"对，就是文艺出版社的。好，那现在我该怎么找？能给我一点儿提示吗？"

"问出版社呀。"老河一脸狡黠，笑嘻嘻地说道。

"出版社？书都出了几十年了，出版社不会还保存着吧？"

"当然不会。那些太老的书，出版社是不会留的。我的意思是让你去找70年代的出版社，去找当时做这本书的人打听一下。"

"你让我去找四十年前在这家出版社上班的员工？那我还不如直接上外面找书来得更快。"

"不见得。书和人不同，人嘛，总是会接电话的。"

平时最不接电话的就是他，他还好意思说这样的话。我本想说他两句，不过话到嘴边又咽了回去。只见老河从包里翻出一个旧本子，那本子的封皮已经破烂得不成样子。

"这可是我的百宝箱，里面有出版社员工的电话号码。"

"这里面该不会有四十年前文艺出版社的员工的电话号码吧？"

"那倒没有。不过这个圈子又不大，多搭几个人就找到了。我去联系文艺出版社吧。估计他们那儿有资历的员工会有以前老员工的联系方式。但问题是，他们之中，谁会留着那本书呢？到底会是谁呢？"

老河又用他那独有的，略带一点淘气的神情看着我。

我说："这个嘛，反正不会是当时出版社的老板。难道是做这本书的编辑？毕竟是自己经手做的书。"

"错了。"他摇了摇头，断然说道，"根据我的经验，真正会保留一本书很长时间的，往往不是做这本书的人，而是卖这本书的人。也就是营销部的销售人员。只有那些扛着书奔波劳累过的人，才会对这本书产生深刻的感情。"

"啊！"至此，我才理解老河是什么意思。我再次对老河找书的方法感到惊叹。即便一个人的性格有些奇怪，但只要有实力，就能被原谅，说的不就是他这种人吗？

老河说他会帮我把书找到，让我一个月之后再到小公园来找他。说完，他便开始收拾书摊，准备要走。我突然想跟他开个小玩笑，于是从口袋里掏出一枚硬币。这是我之前在旧书店当店员时，徐哥送我的那枚能测运的外国硬币，我一直带在身上。

"好吧。我现在来抛硬币，抛出正面就是你能很快把书找到，抛出反面就是找不到，或者要找很久。"说着，我把硬币往空中一抛，又一把抓住，将其盖在另一只手的手背上。硬币抛出的是正面，我拿给老河看，并祝他找书顺利。老河歪着头看着我手上的硬币。"噢，这枚硬币……"

他似乎有话要说。

"没事。改天再说吧。这是枚好硬币，你好好收着。"老河给我留了个悬念，接着拎起他摆摊的地垫和装书的旅行包便离开了。这时太阳正要下山，天色也渐渐暗了下来。弘益大学这片地方，一入夜就完全成了另一方世界。趁着嘈杂的音乐声填满街道之前，我也赶忙朝着地铁站的方向走去。

说来挺巧的，拜托我找《收藏家》的这位客人姓米。在《收藏家》这本书中，女主人公被一位自诩为"蝴蝶收藏家"的克莱格病态地痴迷着，并且遭其绑架。而这位女主人公的名字也是"米"字开头。

"我觉得这种巧合简直是天意。小说中的女主角叫'米兰达'，而我的名字也是'米'字开头。"

米女士已经五十多岁，但看起来还像三十多岁的模样。她的五官清晰，声音也很坚定，给人的感觉像是一位新闻主播或歌手。然而米女士自称只是一位普通的家庭主妇，与我的预想相去甚远。

"我二十多岁的时候想当电影演员，所以去上了表演培训班。我从小就喜欢读书和看电影。直到有一天，机会如命运般找到了我。一个制作公司想把约翰·福尔斯的小说《收藏家》拍成电影，并且通过公开试镜选出米兰达这个角色。我非常喜欢这部小说，所以特别激动。"

对《收藏家》这部作品有印象的人并不多，因为这部作品之前在韩国还有一个风靡一时的话剧版，叫《米兰达》。而且《米兰达》之所以风行，也是因为话剧中的色情片段吸引人。其实《收藏家》的重点并不在于色情，不过当小说被改编成话剧，问题也就随之出现了。原本一部精心构思的心理小说，被人改编成米兰达被男主角绑架，并且被困在地下室遭受性暴力的情节，真是令人哭笑不得。这部话剧于1994年上演，曾一度成为热门话题，就连电视新闻也有报道。

"我估计没有女生会去看那部话剧。反正我去看的时候，观众席就只有我一个女生。"

"您真勇敢啊。那个，哎，怎么说呢？那部话剧……"我一时语塞，不知该怎么说。

米女士接过我的话，朗然说道："您是想问我，是否事先知道那是一部色情话剧吗？我当然知道啊。电视里都说过好几次了。不过我还是很想看看他们会怎么改编约翰·福尔斯的小说。虽然我有心理准备，但真正看下来，还是比我想象的更糟糕。我很喜欢米兰达这个角色。米兰达虽然并不富有，但她学习刻苦，性格也很坚定。她从未屈服于绑架她的克莱格。米兰达和克莱格在书中有很多对话，克莱格根本就不懂艺术，米兰达在和他的对话中反而占据主导地位。但话剧把这些情节都删了，直接把原著演成了一部色情片。"

不过米看到电影试镜的公告后，对这部作品又重新燃起了希望，因为那公告上赫然写着制作公司的豪言壮语：将超越威廉·惠勒版的《收藏家》。

"我去试镜的时候，在导演面前振振有词地说自己很有信心，并且表示我可以演得比威廉·惠勒版本的米兰达更出色。导演说我的名字也有个'米'字，能够来试镜，本身就是一种命运。当时我感觉特别好。大约两周后，制作公司联系我说试镜通过了！这家公司不是很大，但一想到我可以从这里开始实现自己的梦想，我就很激动。然而这种希望并没有持续多久。准确地说，我只去了一次工作室就决定退出了。然后回家躲在被子里哭了快一个星期。"

"我对导演说：'导演，我想问一下，您知道原著中的米兰达大学主修的是什么专业吗？'导演先是一愣，随后很生气地说：'读什么专业有什么要紧的？'然后'砰'的一声，把桌子拍得很响，说：'我只是看你身材好才让你通过试镜的，别那么多话，拍的时候按我说的演就行了。'我听了特别生气，于是没好气地对导演说：'米兰达主修的是美术专业，是艺术家，是你比不了的！'我撂下这句话，然后直接开门走了。"

事实证明，制作公司只是想把话剧《米兰达》的内容照搬上银幕罢了。自那之后，米彻底抹杀了自己的演员梦。

她对此感到非常失望和心寒，于是扔掉了与该电影有关的所有物品，包括那本《收藏家》。

长久以来，她一直过着远离电影的生活。但时光荏苒，今天，米兰达再次点燃了她对电影的热情。

"我跟您说我是家庭主妇，但其实大学毕业后，我和朋友一起开了一家小型创业公司，赚了点钱。现在我把公司的管理权交给后辈，我退居幕后当顾问。我总是因为自己当时离开米兰达而感到难过。想来想去，最后得出的结论出奇地简单，我来拍不就好了？我想向人们展示真正的米兰达的魅力。威廉·惠勒的版本拍得很好，但他的版本是以男主人公克莱格的视角展开的。但我拍的版本想着重刻画米兰达这个角色，剧本也由我自己编写。所以我今天来找您，就是想请您帮我找到我读大学时读过的那本书。我想一边看着那本书，一边写出我想要的剧本。"

说话间，米的脸庞闪耀着光芒，仿佛站在话剧舞台上的主角，在明亮的灯光下独白。她陶醉其中，让我也感同身受。我答应她，一定会帮她找到那本书。

"您写完剧本之后，是不是也要安排试镜，挑选演员呀？"

"哎哟，您想来试试吗？"米倾着身子，左右打量着我的脸说道，"我估计您演不了克莱格。您的眼睛弯弯的，长得太慈眉善目了。哈哈哈。"

一个月后，我又去了小公园，找到了老河。他坐在钓鱼椅上，他见我向他走来，便拿起手中的书朝我挥舞。书的保存状态非常完好，甚至连腰封都没取下来，和刚出版时一模一样。

"我说得没错吧？只有那些扛着书四处奔走的销售人员，才会将他们付出过辛劳的书籍保存这么久。"老河把书递给我，说道。

每次找老河帮忙，他总是会长篇大论地聊起书的作者及其作品，这次也不例外。他滔滔不绝地说着约翰·福尔斯和他的小说，如果我不在适当的时候打断，估计他能一直说下去。我突然想再问问他硬币的事，但想了想还是算了。而且，老河似乎也忘了硬币的事。如果有心，时机自然会出现。或许这枚硬币就是我的米兰达，我只需珍藏着这段回忆，到时硬币自然会讲出它的故事。

为了恬淡的生活

《女人的一生》
居伊·德·莫泊桑著，申任英译
文艺出版社，1977 年版

　　申老师是文化中心的插花老师，她虽年过古稀，但脸上依然洋溢着生气。我并不是说她看着年轻，而是她脸上流露出年长者的智慧与从容，让人感觉很优雅。每当我看见这些优雅的老者，就会想到自己老去的时候能否像他们一样潇洒。我即将迈入五十，已不再年轻。坦率来说，相较于如何创造生活，我更关心应该以何种方式把今后的生活归置好。

　　如果你观察一个人的脸，尤其是他们的眼睛，你就能感受到他们的生活。眼前的申老师，一看便知她是一个生活安定的人，她的眼神中透着一股让人安静平和的能量。但她想找的书是法国作家莫泊桑的《女人的一生》，而这本书的内容与"安定"二字完全无关。

"重要的是，必须是文艺出版社1977出版的文库本，封面上画着贵妇人的那一本。"

虽说这是一本有故事的书，但毕竟已出版了几十年，而且还只是一本小小的文库本。其实即便一个人很专注地读一本书，通常也不会记得书的出版年份。然而申连封面画都记得如此清楚，可见她读这本书时，一定发生了些难忘的事。

"我该从哪里开始说呢？"申静静地待了会儿，并没有说话。看来回忆一段几十年前的记忆，可能还需要些时间。我说："您随意就好。"接着起身给她倒了杯茶。这种情况下，最好给她一些独自思考的时间。

她双手捧起热茶，似乎终于下定决心开始讲故事。

"我从小就经常被人夸赞聪明，学习成绩一直名列前茅，我也喜欢学习。背诵东西，或者解开一道数学难题都能给我带来愉悦，我也很享受这种感觉。所以我读大学想学法学专业。我对这个领域感兴趣，而且也适合我。虽然家里想让我读医学院，但我说我喜欢法律，父母也没有反对。以前不懂事，感觉高中就能把人生都定好。我的目标是先上大学，毕业后再去美国学习一段时间，然后成为国际律师。我当时认为一切都会很顺利，没有丝毫怀疑。"

"这也情有可原。人生不如意事常八九。那么，您是从哪个阶段开始遇到挫折的呢？"

申苦笑一声，说："从一开始。""一开始？什么意思？"我问道。"就是字面上的，从一开始，就失败了。"趁茶热还未散尽，申端起茶杯喝了一口，说道。

"当然，我也知道，想要达成这个目标，肯定会有一定的难度。然而，我怎么都没想到我连大学入学考试都没通过。我当时非常失落，感觉整个身体都飘浮在空中似的，不知所措。不过我很快就振作起来了。但其实是我过于自信，放松了警惕。我觉得只要让自己静下心来，调整好状态，重新再试一次就可以了。于是那天我去了市中心的书店，买了一本小说，打算读一读，放松一下，再开始自己的学习计划。"

"您当时读的书就是这本《女人的一生》吗？"

"是的，没错。这本书很有名，我之前就想读，可是一直很忙，没时间读。反正我只是休息一个星期左右，想买本书来随意读一读。其实说实话，但凡我知道那本小说的内容，我都绝对不会去读。"申暧昧不明地笑了笑，不知何意。不过这也可以理解，对于大学入学考试落榜的高中生来说，这本书并不适合用来放松心情。

"这本书说的一个出身富裕家庭的女人的故事，不过从一开头我就觉得内容太过阴暗。我本以为主人公会克服困难，故事也会逐渐明亮起来，但结果完全出乎意料。不是有句话叫'瓦片也有翻身日'吗？可小说中的主人公约娜的生活似乎没有一丝希望。不管怎么说，书的最后应该给她配一个大圆满的结局，毕竟她经历了一生的磨难，应该会有一份巨大的回报等着她。如果故事不这么发展，那么写这本书的作家的精神状态就有问题。我心里一边想着，一边默默读到了结尾。当我读到最后一句话时，我感到特别失望。读完后，我的心情非常不好，那天晚上甚至没能睡好觉。为什么女人的生活总是这么糟糕？而且更让我生气的，是这本小说的作者竟然是个男的。"

申后悔读完了这本书。那天，她直到凌晨都没睡着，第二天一大早起来，抓起桌上的那本《女人的一生》用力一撕，把中间的书页撕成了两截。她看着那本书就觉得心烦，甚至不想把它摆在书架上，所以干脆撕掉，扔进垃圾桶里。然而即便如此，也没能平息她心中的愤怒。她又读了一些有趣的书，但这本《女人的一生》的情节如心理阴影一般始终无法抹去。她开始害怕自己也要经历这样的一生，渐渐地，她的学习进度开始放慢，注意力也变得无法集中。

其结果是申的第二次入学考试依然落榜。她想，是不是自己把目标定得太高，于是第三次报考时选择了一所相对一般的学校。不过第三次的考试结果同样不尽如人意。蹊跷的是，她模拟考总是考最高分，一到正式考试，注意力就不集中。她的父母在她第三次考试之前曾偷偷花大价钱找了个厉害的先生给自己的女儿算命。为保险起见，找了还不止一家。但奇怪的是，算命先生都说他们的女儿八字很好，很顺遂。

经过四次挑战，申终于考上了一所位于首尔的普通大学。这与她最初定的目标学校相去甚远，而且她考上的专业是管理学，而非法学。申的父母在一家餐厅为她举办了简单的庆祝仪式，而申却在庆祝时哭得很伤心。她认为这一切都是她读了《女人的一生》所造成的。小说的主人公约娜本应过得更幸福、更美好，但命运如紧箍咒一般将她套住，让她喘不过气来。申害怕自己变成小说主人公那样，以至于整个学生时代都饱受神经衰弱的折磨。

有道是翻过一山又一山，人生的艰难又岂止于此。毕业后，申去了一家贸易公司工作，但没过多久，她就如逃离一般地辞了职。这导致她接下来的职场生活也变得很艰难，她总是在一个地方待不满半年，然后又辗转去其他地方。在此期间，她父母的事业也有了变故，家庭生活的窘迫让她简直变了一个人。

"我不知不觉已经过了三十岁……您知道吗？那个时代，说一个女人到了三十岁，就会说到了'报废'的年纪。

三十岁的女人能做的事不多。但我还是秉持着想做点事的心态，只要有工作就会去做。我在心里暗示自己，不能像约娜那样不幸，于是咬着牙坚持，在餐馆的厨房里洗碗，甚至在建筑工地上扛瓷砖。约娜一直是我的心理负担，也是我心里的阴影。这也是我没结婚的原因，我害怕自己结婚后会像约娜那样变得不幸。"

她的生活如同一条黑暗的隧道，不知何时才能走到尽头。四处漂泊的她甚至认为安定的生活是一种奢侈。然而，命运在她面前展开了一个意想不到的计划。

"我过着到处游荡的日子，后来在盘浦鲜花市场找到了一份夜班做体力活儿的工作。我在鲜花市场工作到早上，中午又去打另一份工。当时我找这份夜班的工作是因为缺钱，但这工作挺有趣的。我刚开始搬那些花，只觉得自己是在搬货，那些花又沉又重。但搬了几个月，做得熟练了，才真正看到花的美丽。随着对花的了解越来越深，我仿佛在花中看到了自己的窘态，心中涌起一股自我怜悯的情感。我还记得当时花店老板说：'在这里待不到半年就跑路的人，一辈子都会讨厌花。但只要坚持下去，就能看见花的美丽，闻见花的香气。'我在店里工作了将近一年，有天老板问我，是否有意成为正式员工。我特别感动，从来没人对我说过这样的话。"

花店老板既经营花卉批发业务，同时也是一位花艺师，对花卉知识的普及也有着浓厚的兴趣。几年后，花店老板试着让申从事花艺师的工作。申跟着老板一起辗转全国各地，参加了许多花卉讲座和花卉研讨会，并练就了一手插花技术。这是在任何一所大学，无论花多少钱都学不到的宝贵经验。

"我和老板挺合得来的，可能是因为我们的年纪差不多吧。我们在一起工作了十年，互相配合得很好。我和老板的关系也越来越亲密，似乎不像是老板和员工的关系。老板偶尔会问我，要不要自立门户，经营自己的店铺。但我每次都说不要。虽然从事这一行已经很长时间了，但我感觉每天都能学到新的东西。我说，我想尽可能地留在老板身边学习。如果要自立门户，我会先提出来的。说完，老板抱了抱我。这种感觉挺好的。从那以后，我就和老板一起过日子，两个人生活在一起了。那时我已经快五十岁了。"

"噢，原来老板也没结婚呀。如果两位一起用花装饰布置，举行一场婚礼，我想应该会很美吧。"

申朝我摆了摆手，笑着说："哎，我没告诉您，我们老板也是女人。现在偶尔能见到一些年轻人说自己和同性交往，但在我们那个年代，是根本无法想象的事。两个人在一起生活都是偷偷摸摸的，更别提婚礼了。如果现在有人问起，我自然会说和老板住在一起。但刚开始的时候，我们都非常小心，甚至上下班的时间都是错开的，就怕引起周围人的注意。"

虽然比预想的晚了些，但申终于找到了自己安定的生活。她拥有了自己喜欢的事业和生活中的伴侣，夫复何求！内心变得更加平和的她开始考虑是否应该与那本《女人的一生》和解。当年无法抑制住心中的愤怒，一气之下将书撕毁并扔进垃圾桶，但如今已经过去几十年。申认为，只有重读这本书，才能从中解脱出来。有一天，她在百货商场的文化中心参加插花讲座时，路上经过书店，便买了这本书。这是一个紧张的时刻。虽然手中的这本书和她几十年前撕掉的那一本并不完全一样，但当申再次尝试阅读时，她的手还是有些颤抖。

然而，紧张和恐惧只是暂时的，她惊讶地发现莫泊桑展开的这一段故事和她高中时读的完全不同。当年她读这本书时非常气愤，在心中呐喊："傻瓜约娜，笨蛋约娜！"但现在，她觉得自己可以用真心安慰这个美丽的女人。

"这本书的内容和您高中读的时候并没有什么不同，但为什么会产生完全不同的感情呢？"我一边将她的话写在本子上，一边问道。

"书没变，是我变了。我经历了五十年人生，似乎明白了约娜的想法和行为，似乎也理解了她的命运。虽然这是一部小说，但我认为，若要评价一个人的一生，往往也需要用一生的时间。我处理花卉时也经常有这种感觉。起初我觉得花只在盛开的时候美丽，所以经常感到惋惜。但现在明白了，花的发芽、生长、盛开和凋零，这整个过程本身就是美的。"

我点了点头。我曾以为我的人生不会再有所谓的年轻和美，但现在，我为此进行深刻的反省。美，不是指某一时期的状态。更何况如果是一个人的人生，就更难下定论了。

"人生从来不像意想中那么好，也不像意想中那么坏。"申老师仍记得小说的最后一句话。她曾因为读到这句话而负气将书扔进垃圾桶，然而她今天来到书店找我，就是为了反省此事。她想找到当年那本书，往后好好珍藏。申说，我们的人生就像花一样，盛开、结果、凋落，传递芳香……这不就是生命的全部吗？说完，她便离开了。

我平常以故事为酬劳帮人找书。但有时得到一些珍贵的生命启示，我的心情会沉闷一段时间。因为对于有些人来说，这也许只是一本普通的旧书，但对于另一些人来说，这可能是他们花费一生寻找而来的珍贵启示。

译后记

    我刚接到这本书的邀约时，其实内心有些疑虑。编辑约我在咖啡厅碰面，说在韩国有一家专门帮人找绝版书的书店，老板将自己遇到的客人的故事整理出版，成了畅销书。我在韩国生活多年却不知有这样的书店，于是当晚就把这本书找来读了读。读过几篇书中故事后，我开始思考，人和书之间的情感连接有这么深刻吗？这样的短篇故事集会有人看吗？

    我是一个整日与论文和专著打交道的人，而且个人的研究领域也与文学世界相去甚远。书是我工作中的重要工具，但正因如此，书对于我来说，从来只有纸质版和电子版、买得到和买不到之分。后来，我试着译出这部书稿的第一部分，这才从作者的视角中发现，原来生活中一些看似寻常的东西，比如书，往往牵动着人生大大小小的每一个决定。

这本书中许多故事情节紧凑，有些十分有趣，有些透着遗憾和伤感，展现了书和人之间的缘分，以及书对个人命运的深远影响。若非仔细琢磨，其实我们很难察觉书与人之间还有这样一重微妙的关系，即生活与抉择。如此说来，书店似乎成了我们生活中的一处抉择之所。然而不知从什么时候开始，我们尽可能地简化生活步骤，就连接收信息的模式也被分割得支离破碎。以至于大多数的生活场景都被那些红黄蓝绿的应用程序推着走，原本需要经过思考、体会、回味才能做出的抉择也都交由储存在云端的数据来决定。

每隔一段时间我就会去书店，各式各样的书都会买上一些。但更多时候我只是去转一转。我经常在书店一逛就是好几个小时，最后空手而归。然而我并不觉得这是在浪费时间，走出书店时，反而有种心旷神怡的感觉。我曾不止一次地想，这种感觉到底从何而来，后来我发觉，这是我试图逃离信息茧房的一种潜意识行为。也对，与其将生活的抉择权托付给应用程序和云端数据，倒不如上书店逛一逛，将一些事交给机遇来决定。而且说不定书店老板才是把世间事看得最透彻的那个人。

我们这本书中的二手书店老板心思细腻。他宽容对待每一位客人，无论客人讲述的故事是惊涛骇浪还是平淡无奇，他都能敏锐地捕捉到旁人难以触及的心境感受，并且通过找书的方式帮助客人完成这些想法，达成心灵上的和解。这是一份非常需要耐心的工作。我想，鲜少有人会为了帮一个一问三不知的客人找一本绝版书而四处联系、奔走各地，也鲜少有人会为了帮客人找回一本遗失的书而介入其家庭事务。这样的成全无关客人的身份、职业和社会地位，甚至无关个人的道德品质。毕竟，如果店里遭了贼，大可直接将其转送派出所，谁还会愿意听一个偷书贼的人生故事。其实，心灵层面康乐（well-being）的一种普遍需求，本就应该被平等且善意地对待。

最后，我想感谢出版社对我的信任，给了我相当充裕的译写时间。同时感谢首尔的郑大雄先生，为我讲述了许多书中涉及的韩国时代背景。

叶昭源　长沙

图书在版编目（CIP）数据

收集故事的二手书店 / （韩）尹城根著；叶昭源译. --长沙：湖南人民出版社，2024.4
（2024.9）

ISBN 978-7-5561-3326-0

Ⅰ．①收… Ⅱ．①尹… ②叶… Ⅲ．①长篇小说—韩国—现代 Ⅳ．①I312.645

中国国家版本馆CIP数据核字（2023）第171591号

收集故事的二手书店
SHOUJI GUSHI DE ERSHOU SHUDIAN

著　　者：[韩] 尹城根
译　　者：叶昭源
出版统筹：陈　实
监　　制：傅钦伟
产品经理：刘　婷　张　卉
责任编辑：陈　实　刘　婷
责任校对：周　飏
装帧设计：朝　雀

出版发行：湖南人民出版社［http://www.hnppp.com］
地　　址：长沙市营盘东路3号　　邮　　编：410005　　电　　话：0731-82683313

印　　刷：长沙市雅捷印务有限公司
版　　次：2024年4月第1版　　　　　　　　印　　次：2024年9月第2次印刷
开　　本：880 mm × 1230 mm　　1/32　　印　　张：9.625
字　　数：150千字
书　　号：ISBN 978-7-5561-3326-0
定　　价：56.00元

营销电话：0731-82683348（如发现印装质量问题请与出版社调换）